ウィザーズ・ブレイン
wizard's brain encore
アンコール
純 珪一
keiichi sumi
JN075582

ハッピーバレンタイン
（初出：電撃hp公式海賊本 電撃BUNKOYOMI）

正しい猫の飼い方
（初出：電撃hp vol.46）

最終回狂想曲
（初出:電撃hp公式海賊本
電撃h&p）

DENGEKI P イラストパロディ
（初出:電撃hp公式海賊本 電撃p）

contents

湯宴《とうえん》の誓い …… 11
〜Hot spring nostalgia〜

ハッピーバレンタイン …… 97
初出：電撃hp公式海賊本 電撃BUNKOYOMI

正しい猫の飼い方 …… 111
初出：電撃hp vol.46

最終回狂想曲 …… 163
初出：電撃hp公式海賊本 電撃h&p

旅路の果て …… 217
〜Journey home〜

そして物語は続く …… 267
〜Cooking for you〜

カバー・口絵・本文イラスト◎純 珪一
デザイン原案◎km.ⓒ
デザイン◎AFTERGLOW Inc.

そうして、世界は少しだけ平和になって
めでたしめでたしではないけれど、みんなが前を向いて歩きはじめて
これは、そんな「終わり」の続きの未来
今日の向こうの、明日のお話

wizard's brain encore

湯宴《とうえん》の誓い

~hot spring nostalgia~

書き下ろし

西暦《せいれき》二二〇一年一月十日——

沙耶《さや》ちゃんにおすすめされたので、今日から日記をつけることにした。

こういうのって初めてでちょっと緊張《きんちょう》するけど、本を読んで感想を書くのは好きだし、大戦前に生きてた「最初のわたし」は日記帳を何冊も持ってたような気もするから、まあ何とかなると思う。たぶん。

今日は記念すべき第一日目。

せっかくだから、最近の町のことでも書いてみようかな。

天樹《あまぎ》錬《れん》が雲除去システムを壊《こわ》して戦争が終わったあの日から一年。その錬を追いかけてフィアちゃんが旅に出た日からはちょうど半年。世界再生機構の町はあれからもっと大きくなって、今ではびっくりするくらいたくさんの人が暮らしてる。毎日新しい人が引《ひ》っ越《こ》してきて、毎日新しい建物が出来て。今ある地上と地下だけじゃ足りないからもっと深く掘《ほ》って有効活用するんだって、先生は大忙《おおいそが》しで走り回ってる。町にはシティの技術者だったっていう人が何千人も住むようになってて、そういう人達が力を合わせてくれるおかげで先生は前は自分一人でやってた計算とか設計とかを全部誰《だれ》かに任せられるようになったけど、代わりにシティの政治家の人達みたいな仕事が増えて「なぜ私がこんなことを」って会う度《たび》にぶーぶー文句を言ってる。

他のみんなは、相変わらず元気。

わたしはエドとか沙耶ちゃんとか他の子達とかと一緒《いっしょ》に共同の宿舎に住んでて、近くにはヘイズとクレアさんの新しい家がある。

部屋が二つに小さな台所がついてるだけの、他の家と同じ共通規格の集合住家の一部屋。町の人達みんなでものすごく立派な家を建てようとしたんだけど、二人に全力で止められちゃった。あの結婚式《けっこんしき》の後で新しい家で暮らすようになって半年経《た》っても、二人ともあんまり変わったふうには見えない。違《ちが》うのと言えば、ヘイズが前よりちょっとだけクレアさんの言うことを聞くようになったことくらい。脱《ぬ》いだ服はちゃんと畳《たた》むし、ご飯の時間にはまっすぐ家に帰ってるみたい。

他にもケイトさんとか、月夜《つきよ》さんとか、弥生《やよい》さんとか、メリルさんとソフィーさんとか、ペンウッド教室の他のみんなとかサティさんとか、ここには書き切れないけどとにかくみんな自分の仕事に大忙し。わたしはわたしで普段《ふだん》は弥生さんの病院をお手伝いしてるけど、お休みの日には小さな子達が通う学校の体育の授業に交ぜてもらうようになった。イルが先生役で、なんと本物のちゃんとした中国拳法《けんぽう》を教えてくれる。映画と違って「ほわちゃー」とか言わないけど、套路《とうろ》っていう型を真面目になぞってると自分の体のどこにどんな力がかかっているかがすごくよく分かる。イルには「才能あるで」と褒《ほ》められた。ヘイズに自慢《じまん》したら「才能、なあ……」と呆《あき》れたような顔をされた。許せない。クレアさんに言いつけて、ご飯抜《ぬ》きにしてもらおうと思う。

じゃなくて。

話を戻《もど》して。

そんなこんなで、町は平和で、世界も平和で、何もかもがちょっとずつ良《い》い方に向かってる気がする。もちろんエネルギーは足りなくて、食べる物もたくさんあるわけじゃなくて、だけど、そういうのをなんとかしようってみんなが前を向いて走ってる。

この町も毎日毎日、どんどん姿を変えていく。

戦争が終わったからって退屈《たいくつ》なわけじゃない。時には思ってもみないきっかけで、思ってもみなかった事件が起こったりもする。

たとえば、何日か前にはこんなことがあって——

＊

「やっぱりね、温泉が良いと思うの」

合成肉のサンドイッチと水だけの簡素な食事を終えた昼下がり。

食堂代わりの会議室の長テーブルを囲む面々を前に、ファンメイはおずおずと切り出した。

「温泉？」

向かいの席に座った沙耶が怪訝《けげん》そうに首を傾《かし》げる。この半年の間にずいぶん背が伸《の》びた少女

は最後に残ったパンの切《き》れ端《はし》を良く噛《か》んでから飲み込み、

「それって、今度この町に作る新しい施設《しせつ》の話？　リチャード博士が言ってた」

「そう、それ！」テーブルに両手をついて勢いよく立ち上がり「『何か憩《いこ》いの場になるような物を考えてくれ』って。それで、これは温泉しかないかな、って」

戦争が終わってから一年、人類と魔法士《まほうし》の融和《ゆうわ》の象徴《しょうちょう》となったこのベルリン南方の町には、世界再生機構の思想に賛同する人々が今も変わらず集まり続けていた。そのスピードはリチャードやケイトの想定を大きく超え、野放図な居住エリアの拡大は臨界に達し、とうとう町全体で大規模な区画整理を実施《じっし》することになった。

雑多に立ち並んだ仮設住家を撤去《てっきょ》してちゃんとした十二階建ての集合住家に立《た》て替《か》え、地下空間を整備して九層の大規模なプラント区画を整備し——と、ほとんどの作業は問題なく進んだ。けれど、今や百万人以上が暮らす町の再編は計画責任者のリチャードにとっても難題だったらしく、多種多様な施設を組み合わせ、並《なら》べ替え、また組み合わせ、というパズルのような作業のわずかな手違《てちが》いが延々と積み重なった結果、町の中心、飛行艦艇《かんてい》の発着場である円形の広場の隣《となり》に、百メートル四方ほどの土地が何の使い道も無いままぽっかりと残される結果となってしまった。

最初はもちろんそこに追加の集合住家を建てて今後の人口増加に備えようという話になったのだが、この誰がどう見ても順当な案に区画整理計画の名誉顧問《めいよこもん》であるサティが難色を示した。

曰《いわ》く「そんな殺風景な建物ばかりじゃ、みんな干上《ひあ》がっちまうよ」と。かくして、町の今後のために何か面白《おもしろ》い施設を募集《ぼしゅう》する、という公示が町外れの慰霊碑《いれいひ》前の広場に大きく掲《かか》げられたのが先週のことだ。

「だから温泉！　地面の下からあっついお湯が湧《わ》いてきて、大きい岩とか木の壁《かべ》とかで良い感じに囲まれてて、それで竹の筒《つつ》に自然に水が溜《た》まって、時間が経つと勝手に倒《たお》れて『かこーん』って音が鳴って！」

「ファンメイ、それ鹿威《ししおど》し。たぶん温泉とは関係ないと思う」

「えっ」

驚《おどろ》いて目を見開く。頭の上に寝《ね》そべった黒猫《くろねこ》姿の小龍《シャオロン》が背中の毛をぶわっと逆立てる。

そんな一人と一匹《ぴき》の向かいで、沙耶はコップの水をゆっくりと飲み干し、

「日本の庭の飾《かざ》りだから全然違うっていうわけじゃないけど……でも、なんで温泉なの？　ただ大きいお風呂《ふろ》が外にあるだけだよね、あれ」ごちそうさまでした、と胸の前で丁寧《ていねい》に両手を合わせ「この町って今でもシャワーがあって快適だし、炎《ほのお》使いの子にお願いしたらお風呂も作ってくれるし、だから、せっかくなら何か他のが良いかな、って」

隣の席で聞いていたエドもこくこくとうなずく。確かに沙耶の言う通り、エネルギーや物資がまだまだ不足しがちなこの町にあって、水資源は比較的《ひかくてき》簡単に手に入る部類のものだ。何しろ、材料の雪や氷は居住エリアの外に幾《いく》らでも転がっている。流石《さすが》に大量のお湯を常備してお

くわけにはいかないからいつでも好きな時にというわけにはいかないが、時間配給制のシャワーはいまや全ての家に整備されているし、体を冷やしても風邪《かぜ》を引いたり凍傷《とうしょう》になったりする心配の無い自分などはそれこそ水シャワーを一日中浴び続けることも出来る。

だが。

「そ、そんなことないのっ！」慌《あわ》てて立体映像のタッチパネルを呼び出し、一晩かけて描《えが》いた温泉の見取り図を二人の目の前に展開して「ほら！　ここが一番大きいお風呂で、ここが滝《たき》になってて、ここは石畳《いしだたみ》で――」

身振《みぶ》り手振《てぶ》りで必死にアピールするファンメイを前に、沙耶とエドは揃《そろ》って怪訝そうな表情を浮《う》かべる。しまった、とちょっとだけ反省。こんな大きな丸と小さな丸と四角が描いてあるだけの地図では何も伝わらない。そもそも、戦後の生まれでシャワー一つ浴びるのも贅沢《ぜいたく》な暮らしを送ってきた沙耶やそういうことにあまり興味の無いエドに温泉の素晴《すば》らしさが想像出来るはずもない。

だけど、ファンメイは覚えている。正確には、自分の何代も前の「最初の自分」の経験が、日本のどこかのシティを旅した時のおぼろげなイメージが、記憶《きおく》の底に焼き付いている。

立ち上る湯気と風のざわめきとか。

手のひらにすくい取ったお湯の不思議な手触《てざわ》りとか。

バスタオルにくるまって食べたシャーベットの甘酸《あまず》っぱさとか。

「ぜったい、ぜーったい温泉なの！　沙耶ちゃんもエドもびっくりして、『温泉正解！』『温泉最高！』ってなるんだからっ！」

「何を騒《さわ》いどるんだ、お前さんは」

急に、背後から呆れたような男の声。とっさに振《ふ》り返《かえ》るファンメイの頭上を横切って、白衣の腕《うで》が立体映像の見取り図を摑《つか》む。

「あ、先生！　それ──」

止めようとした時にはすでに手《て》遅《おく》れ。

リチャードは目の前に引き寄せた丸と四角の図案をしばし無言で眺《なが》め、

「温泉、か？」

「そう、だけど」

急に自信が萎《しぼ》んでいく。

ファンメイは上目《うわめ》遣《づか》いに男の顔色をうかがい、

「んと……やっぱりダメ、だよね……」

テーブルを囲む他の二人の視線がリチャードに集中する。

男は、ふむ、と手のひらで顎《あご》を撫《な》で。

腕組《うでぐ》みして天井《てんじょう》を見上げ、うなずいた。

「丁度良い。お前さんに頼《たの》むとしよう」

*

最下層に到着《とうちゃく》、という機械合成の声が、静寂《せいじゃく》の中に響《ひび》いた。

反重力駆動《くどう》の円盤《えんばん》型のエレベータから勢いよく飛び降り、ファンメイは、おおー、と歓声《かんせい》を上げた。

「すごいねー」

「はい」

同じく隣に降り立ったエドがうなずき、頭の上の小龍が、にゃっ、と同意する。世界再生機構の町の外れに開いた作業用の縦坑《たてこう》を真《ま》っ直《す》ぐ下に二千メートル。地下の掘削《くっさく》調査中に発見されたという空洞《くうどう》は中層建築が軽く百棟《むね》は詰《つ》め込めそうなくらい広くて、どこまで見渡《みわた》してもとにかく空っぽで、見渡す限りの闇《やみ》が可搬《かはん》型の非常照明の頼《たよ》りない明かりに点々と切り取られている。

空洞の下部は中央に向かってすり鉢《ばち》状に陥没《かんぼつ》していて、大きな山を内側にひっくり返したような形状になっている。黒い岩肌《いわはだ》の斜面《しゃめん》には長い年月の間に天井や周囲の壁から剥離《はくり》したらしい巨大《きょだい》な岩塊《がんかい》が幾つも突《つ》き刺《さ》さっていて、時々小さな石が転がり落ちてくる。

二人と一匹が立っているのは、そんなすり鉢状の空洞の一番底。

背後の斜面から続く岩盤剝《がんばんむ》き出《だ》しの地面はファンメイの足下《あしもと》から少し進んだ先で唐突《とうとつ》に途切《とぎ》れ、その向こうには直径百メートルほどの円形の金属隔壁《かくへき》が、空洞の底に空いた大きな穴を塞《ふさ》ぐ蓋《ふた》のように水平に横たわっている。

おおー、ともう一度呟《つぶや》き、額の汗《あせ》を拭《ぬぐ》う。

事前にリチャードから説明があったような気がするが、確かに、ここは。

「……あっついねー」

「……はい」

うなずいたエドが分厚い防寒用の上着を脱いでリュックに押しこみ、携帯《けいたい》式の気温調整用デバイスを取り出す。空洞内は地上に比べると随分《ずいぶん》暖かい。いや、どうかすると家の中よりも暖かくて、はっきり言ってしまうとちょっと暑い。チャイナドレスの襟《えり》をぱたぱたして中に風を送る。龍使いにとってはたいていの暑さや寒さは生命や身体能力に影響《えいきょう》を及《およ》ぼす物では無いが、それでも暑いものは暑い。

頭の上の小龍がエドの肩《かた》に飛び乗り、蝙蝠《こうもり》の翼《つばさ》を大きく動かして男の子の顔を扇《あお》ぐ。エドがお礼するように黒い毛並みを撫でると、子猫《こねこ》は甘えた声を上げて細い指をぺろぺろと舐《な》める。

『──着いたようだな』

襟元《えりもと》の通信素子から声。立体映像の画面が目の前に展開し、白衣の男が大映しになる。背後には見慣れた世界再生機構の会議室。リチャードは両手に食べかけのパンと水のボトルをそれぞれ持ったまま周囲の研究員達に次々に指示を送り、ようやくこっちに向き直って、

『状況《じょうきょう》は見ての通りだ。本当なら私もそこに行きたいところだが、生憎《あいにく》と手が離《はな》せん』

「大丈夫《だいじょうぶ》！　任せて！」ファンメイは片腕《かたうで》でガッツポーズを示し、ふと首を傾げて「けど、町の下にこんなのがあったなんて、ちょっとびっくり」

『驚いただろう。私も驚いた。何しろ、見つかったのはほんの三日前のことだからな』

地下の拡張を目的とした大規模な掘削調査の過程で発見された、未確認《みかくにん》の大洞窟《どうくつ》とその底に埋《う》め込まれた巨大な金属隔壁。センサーを用いた簡易な調査の結果、隔壁の下には金属と強化コンクリートによって人為的に補強された複雑な坑道《こうどう》が東西南北に二十キロ、深さ千メートルにわたって編み目のように広がっているらしいということがわかった。

幾つかの場所では熱源や稼働《かどう》中の機械らしき反応も見られるのだが、どうにも状況が判然としない。リチャードをはじめとした多くの研究員や技術者はここよりずっと深度の浅い場所で発見された幾つもの空洞の整備や都市計画に追われて調査に手を回す余裕《よゆう》が無い。

――という説明を自分とエドが受けたのがほんの数時間前のこと。

行く手に横たわる重厚《じゅうこう》な隔壁は土埃《つちぼこり》に薄汚《うすよご》れて、大部分が崩《くず》れた岩に埋没《まいぼつ》してしまっていて、たぶん最後に人の手が触《ふ》れてから長い年月が過ぎたのだろうということを想像させる。

『おそらくは大気制御《せいぎょ》衛星の暴走事故以前に近隣《きんりん》のシティが建造した実験施設か何かだろうが、

今のところそれらしい記録が見つからん。そのあたりは今後の調査次第《しだい》だな』

ふーん、とファンメイは足下の岩盤《がんばん》を爪先《つまさき》でつつき、

「それで、ほんとにこの下にあるの？　温泉」

『その点は間違《まちが》いない。期待してくれ』リチャードはパンを食べ終えた両手を白衣の裾《すそ》でいいかげんに払《はら》い『幾つかの地点で摂氏《せっし》九十度以上で安定した大規模な流体層が確認《かくにん》されとる。最大幅五十キロ、厚さ二百メートル以上の熱水のプールだ。地上まで汲《く》み上《あ》げれば温泉など入り放題──』

不意に言葉を切り、男が眉《まゆ》をひそめる。ファンメイもすぐに気づき、エドと手を繋《つな》ぐ。

足下から感じる、かすかな振動《しんどう》。

そのまたっぷり数十秒。ようやく揺《ゆ》れが収まったのを確認した様子で画面の向こうのリチャードが、ふむ、と一つうなずき、

『……と、まあ、地震《じしん》は火山活動、すなわち温泉と密接に関係している』立体映像で描かれた地下の構造図らしきものを示し『この地域でそんな大規模な造山活動があるという話は聞いたことが無いが、何らかの地殻《ちかく》変動の兆候かも知れん。その辺りを調べるのもお前《まえ》さん達の役目だ』

エドと一緒に大きくうなずく。町で最近頻発《ひんぱつ》している地震。自分がどうにか体感出来るようになったのは一ヶ月ほど前からだが、リチャードによれば、実は人間が知覚出来ないレベルの

微細《びさい》な揺れは一年前、人類と魔法士の戦争が終結した頃《ころ》からすでに始まっていたらしい。

もちろん町に被害《ひがい》をもたらす物ではないし、人によっては気付かないことも多いが、だからといって放置するわけにもいかない。町の地下拡張のために行われた掘削調査の半分はこの地震の原因を解明するための物。数度の調査を経て幾つかの空洞が発見されたもののどこにも原因らしきものは無く、最終的に残されたのが今まさに潜《もぐ》ろうとしている正体不明の隔壁というわけだ。

『――危なそうだったらすぐ引き返すのよ。隔壁の下がどうなってるか、あんまし分かってないんだから』

不意に、通信素子から別な女の人の声。目の前のディスプレイの隣にもう一つ、新たな画面が出現する。

心配顔でこっちを見つめるのは、簡素な普段着姿《ふだんぎ》のクレア。

この半年の間にすっかり若奥様の風情《ふぜい》が板についてきたかつての少女は、自宅の寝室《しんしつ》でベッドの端に腰掛《こしか》け、ガラス玉のような瞳《ひとみ》を少しだけうつむかせて、

『ていうか、ごめんね。あたしが全部調べて地図でも作れば簡単なんだけど、最近調子出ないっていうか、なんか集中力無くて』

「え！　そんな、全然！」慌てて首を振り、おそるおそる通信画面を覗《のぞ》き込んで「クレアさん大丈夫？　ちゃんとご飯とか食べてる？」

『うん、まあ、だいじょう……』

『大丈夫じゃねーだろ』

言いかけた声を遮《さえぎ》って、マグカップを持つ手がディスプレイの真ん中に突き出される。

現れるのは、こちらは半年経っても変わらぬ見事な赤髪《がみ》の青年。

ヘイズは真紅《しんく》のジャケットの代わりに首から膝下《ひざした》までを覆《おお》う真っ赤なエプロンを揺らし、

『ほれ、これ飲んで寝てろ。もうすぐ飯の準備出来っからよ』

ありがと、と呟いて、クレアが両手でカップを受け取る。

ファンメイはエドと顔を見合わせ、うーん、と思わず眉間《みけん》に皺《しわ》を寄せる。

数週間前から体調を崩してしまったクレアは、ベッドの上から動けない日々が続いている。

と言っても、そんな大それた病気というわけでは無い。神経系のわずかな不調によるI―ブレインの認識《にんしき》の乱れ。おそらく疲《つか》れか、あるいはホルモンバランスの変化か何かだろうと弥生は言っていた。命に別状は無い。と言うより、本来なら病気と呼ぶような物ではなく、日常生活に困難が生じるような変化では有り得ない。

が、『千里眼《クレアヴォイアンス》』にとってはそれが致命傷《ちめいしょう》。

I―ブレインが認識する世界と三半規管が感じる実際の体の動きのほんのわずかな誤差が際限なく積み上がった結果、彼女は一種の乗り物酔《のものよ》いのような状況に陥《おちい》り、今は普通《ふつう》の人間が目で見るのと同程度の範囲《はんい》を観測するので精一杯《せいいっぱい》の状態なのだという。

おそらく世界中でもクレア一人にしか発生しない症状《しようじよう》なので治療《ちりよう》法も見つからない。時間が経てば自然と脳の認識が補正されて回復するはずだとリチャードは言っていたが、それをただ待つのもなんだか落ち着かない。

だから、温泉。

本でも映画でも何でも、疲れたら温泉に行くものと相場が決まっているのだ。

『私がしっかりとサポートいたしますのでご心配なく。クレア様はゆっくりとお休みくださ い』

不意に、通信素子から機械合成の甲高《かんだか》い声。また一つ別な画面が目の前に出現し、横線三本で描かれたマンガ顔を作る。

かつて雲上航行艦《かん》「HunterPigeon」の管制ＡＩであった人工知能、ハリー。

今は町の制御システムの一部にデータを移し、ネットワークが繋がっている場所にならどこでも出現することが出来るようになったこのデータ仕掛《じか》けの友人は、両目と口を器用に曲げてやる気十分という顔を作り、

『とはいえ、地上と有線で繋がっているのはここまで。隔壁から先は通信も不安定になります。ファンメイ様もエドワード様も、中継《ちゆうけい》用の通信素子とセンサー類の定期的な敷設《ふせつ》をお忘れになりませんよう』

「はい」

任せろ、とでも言うように、エドが無表情のまま親指を立てる。

数メートル先、金属隔壁の端の辺りから幾つもの黒い螺子《ねじ》が突き出し、それと同時に隔壁が編み物を解くように左右に分割《ぶんかつ》されていく。

その下には、黒々と口を開けた巨大な穴。

ファンメイは右手の拳《こぶし》を勢いよく突き上げ、高らかに宣言した。

「じゃあ行くよ。……探検隊、出発っ！」

＊

ネットワークの向こうでぴかぴかひかる信号が、隔壁が開いたことを教えてくれる。

おむかえがきた。おむかえがきた。

いよいよ、ぼく達の出番がやって来た。

全員集合。システムオールグリーン。演算機関出力最大。今こそ「練習」の成果を見せる時。

だけど、そのまえにまずは歓迎《かんげい》の準備。

さっそく、誰かがご挨拶《あいさつ》に行かなきゃ。

＊

靴《くつ》の底が地面に触れる軽い音が、闇の中に思いがけなく強く残響《ざんきょう》した。

ファンメイは背中で翼の役目を果たしてくれていた小龍を黒猫の姿に戻して肩に乗せ、頭上遠く、隔壁があるはずの方向を振り仰《あお》いだ。

降りる途中《とちゅう》で敷設してきた幾つかの簡易照明が、深い闇を夜空の星のように点々と切り取る。隔壁をくぐった先でファンメイとエドを待っていたのは入り口と同じく直径百メートルほどのまっすぐな円筒形《えんとうけい》の空間。深さは五百メートルほど。金属質の頑丈《がんじょう》な素材に覆われた空間の内壁《ないへき》は推定ではかなりの耐熱《たいねつ》、耐衝撃《たいしょうげき》の強度を備えていて、何らかの極限環境《かんきょう》を想定した実験場だったのでは無いかというのがハリーの見解だった。

不思議なのは、その頑丈な内壁の所々に、どう見ても本来の構造では無い丸い横穴が空いていること。

全部で十五箇所《かしょ》、直径はどれも正確に二十メートルで、どう見ても最初から空いていたわけでは無く、誰かが何らかの方法で後から削《けず》った物。円筒形の空間から放射状に広がる横穴というより洞窟は、ある物はまっすぐに伸びていたり別な物は入ってすぐの場所から左右に曲がりくねっていたりとバラバラの形状だったが、全てが一様に緩《ゆる》い下《くだ》り勾配《こうばい》を描いていて、ここからさらに下のどこかに繋がっているのだろうということは容易に想像出来た。

「エドー、何かあったー？」

「……いいえ」

頭の何十メートルか上に開いた洞窟に大声で呼びかけると、程《ほど》なくして無数の螺子に体を支えられた男の子が姿を現す。短い金髪《きんぱつ》の上で光るヘッドライトが眩《まぶ》しい。自分は網膜《もうまく》と視神経を調整して赤外線を見られる設定にしているから光源が無くても困らないが、エドの方はそうはいかない。

それにしても。

探検が始まってから三十分と少し。途中の洞窟を入り口の方だけ軽く覗きながらここまで降りてきたけど、めぼしい物は何も見つからない。持ってきたセンサーをばらまいてわかったのは、全ての洞窟は音響《おんきょう》探査に反応を返さない——つまり事前の調査で見つかった、あの複雑な坑道につながっているらしいということだけ。そもそもこの場所が何なのかは全くわからないし、温泉につながる手がかりも見つかりそうにない。

というわけで、ここからは調査の第二段階。

つまり、適当に選んだどれか一つの洞窟を、進める限りどこまでもずんずんと進んでいくのだ。

「ハリーは、どれかお勧《すす》めとかある？」

『それはもう、さらに地下を目指されるのですから、やはり最も深い場所にある横穴がよろしいのではないかと』

耳元の通信素子からノイズ混じりの機械合成の声。そこらに敷設した通信素子のおかげで地上との回線は繋がっているが、残念ながらデータの伝送速度にも持ってきた携帯端末《けいたいたんまつ》のバッテリーにも限りがある。いちいち立体映像の顔を投影《とうえい》するわけにはいかない。おなじみの横線三本のマンガ顔とはしばらくお別れだ。

『ファンメイ様の正面、南西方向にのびる物がよろしいかと。幸い、推定される経路も事前の調査で判明している流体層の一つに向かっているようですし』

隣に降り立ったエドが、足下の床《ゆか》から生み出した無数の螺子を組み合わせて二人分の椅子《いす》を作る。視線で促《うなが》されるままに腰《こし》を下ろすと、椅子の周りを螺子が取り囲んで四角い箱状の乗り物を形作る。

昔の映画でこんなのを見た。

悪者に追われた主人公が鉱石運搬《うんぱん》用のトロッコに乗って溶岩《ようがん》の上に敷《し》かれた長いレールを駆《か》け抜ける。二十世紀の大傑作《けっさく》の、確か一番有名なシーンだ。

「しゅっぱつ？」

「出発！」

首を傾げる前席のエドに笑顔《えがお》でうなずき、勢いよく右の拳を振り上げて見せる。うなずいたエドが手をかざすと、こちらも螺子で編まれたレールが正面の洞窟に向かって一直線に組み上がっていく。トロッコが動き出す。車輪が転がっているのではなくレールと一体になった車体が滑《すべ》っているだけなのだが、細かいことは気にしない。最初はゆっくりと。少しずつ速く。円筒形の空洞を真っ直ぐに横切り、直径二十メートルの先の見えない洞窟へと車体が突入《とつにゅう》する。

なんだか楽しくなって、鼻歌なんか歌ってみる。

ヘッドライトに切り取られた闇の中、岩肌の壁が上下左右をびゅんびゅんと流れ去り――

＊

入るでー、というインターホン越《ご》しの声が、頭上のスピーカーから響いた。

立体映像越しに顔をのぞかせる白髪《しらが》の少年に、ヘイズはベッドに腰掛けたまま「よう」と軽く手を上げた。

通信画面に映らない位置で膝枕《ひざまくら》の格好でごろごろ甘えていたクレアが、真っ赤な顔でベッドの反対側まで転がって毛布を頭から被《かぶ》る。隙間《すきま》からはみ出たブルネットの髪をぽんぽんと撫で、タッチパネルを操作して玄関扉《げんかんとびら》のロックを解除する。

監視《かんし》カメラの映像の向こう、見慣れた白いジャケット姿のイルは勝手知ったる様子で大股《おおまた》にリビングを横切り、すぐに自分達が今いる寝室の扉《とびら》の前にたどり着き、

「ほれ！　差し入れや、義兄貴《あにき》」

「だから、それやめろっつってんだろ」

苦笑《くしょう》混じりに立ち上がり、投《な》げ渡されるプラント印のクッキーのパックを片手で受け止める。半年前の結婚式の日以来、少年はことあるごとにその呼び名を口にする。ヘイズの方でもいちいち訂正《ていせい》してはいるが、実はそんなに悪い気はしていない、というより最近ではすっかり馴染《なじ》んできた気がする。

と——

「あんた達、病人の前で何騒いでんのよ」

続いて寝室に入ってきた月夜が、呆れたように腕組みする。こちらも見慣れたつなぎ姿の女はベッドに歩み寄り、枕元《まくらもと》に大ぶりな橙色《だいだいいろ》の果実を三個並べて、

「はい、天然オレンジ。やっと上手《うま》く育ったからってお爺《じい》さん達から。……言ってたわよね？　酸《す》っぱい物食べたいって」

「あ……うん、ありがと」どうにか落ち着いたらしいクレアは毛布の端から半分だけ顔を突き出し「仕事はもう終わり？」

「まだまだ、やっと昼休みよ」

もーほんとにサティさんがスパルタで、と首をぐるぐる回す月夜。

と、その視線が部屋の隅《すみ》、小さなテーブルの上に浮かぶディスプレイに止まり、

「そっか。今日だっけ、地下の調査」

ああ、とうなずき、ディスプレイを拡大する。イルと月夜が慣れた手つきで客用のパイプ椅子を広げて画面の前に陣取《じんど》り、ヘイズも元通りベッドの端に腰掛ける。

大きな画面に映し出されるのは、螺子で編まれたトロッコに乗り込んで疾走《しっそう》するファンメイとエドの姿。

ヘッドライトの強い光に切り取られた闇の中、岩肌《いわはだ》剝き出しの壁が上下左右を高速で流れ去る。

「……何これ、洞窟？」月夜が首を傾げ「隔壁って言うくらいだから実験施設とかプラントとかだと思ったんだけど、どこに行ってんの？　あの子達」

「その実験施設からそこら中に洞窟がのびてんだよ」ヘイズは画面の隣に立体映像で描かれた地下空間の模式図を指さし「どうも、最初にあったちゃんとした地下施設に誰かが好き勝手に穴開けたみてーな感じだな」

ディスプレイの向こうに広がる正体不明の地下空間を見つめ、一つ指を鳴らす。誰がどう見ても、最近町で頻発している地震と無関係では有り得ない。リチャードの話によれば、このベルリン南方の一帯は歴史的に地震が少ない地域として知られている。マグマの流れや地殻の構造は百年やそこらで自然に変化する物では無い。である以上、原因は何らかの人為《じんい》的な物と考えるしかない。

そう。今回の調査における第一の目的は、地下で何が起こっているか、その真相の究明。温泉掘りはあくまでもそのついでのおまけであって、実のところ、本気で取り組んでいるのはファンメイと巻《ま》き添《ぞ》えを食う形になったエドの二人だけで——

「ま、それはそれとして温泉も大事よね。あの子達には頑張《がんば》ってもらわなきゃ」

思考を遮る月夜の声。

は？　と顔を向けるヘイズの視線の先、つなぎ姿の女は真剣《しんけん》その物の顔で何度も深くうなずき、

「良いわよねー、温泉。岩とか木の壁とかで良い感じに囲まれてて、お湯が流れて滝になったりしてて、それで竹筒《たけづつ》の鹿威しに自然に水が溜まって、勝手に倒れて『かこーん』って……」

言葉が途切れる。

月夜は寝室に漂《ただよ》う微妙《びみょう》な空気にようやく気付いた様子で、ん？　と一同を見回し、

「え、なに？　あんた達入りたくないの？　温泉」

「いや……そう言われてもよ」ヘイズは思わず頭をかき「温泉って要はただのでかい風呂だろ？　要《い》るか？　それ」

「せやな」

「そう、よね……」

イルとクレアもそれぞれに同意を示す。先週あたりからファンメイが顔を合わせる度に力説

していたので温泉がどういう物かは理解したつもりだが、「泳げるくらい広い屋外の風呂」が何の役に立つのか、ヘイズには今ひとつわからない。もちろん無いよりはあった方がいいのかもしれないが、温水のシャワーが毎日出るだけでも贅沢な話なのだからそれで十分なのではないか。

そういう感情を込《こ》めて見つめる三人に、月夜は「はぁ――？」と目を見開き、

「なにわけのわかんないこと言ってんのあんた達は！　温泉よ？　しかも天然の、源泉の！　それで露天風呂《ろてんぶろ》とか、もう勝ったも同然じゃない！」

「そ、そういうもんなんか？」

「そういうもんなのよ！」思わず、というふうに口を挟《はさ》むイルを月夜は猛然《もうぜん》と振り返り「いい？　そもそも温泉っていうのは単なるお湯じゃなくて、地質によって泉質と効能にいろんな種類があって！」

「わかった！　わかったからちょい落ち着けて！」

完全に本気の顔で詰め寄《よ》る月夜と、椅子の背もたれを盾《たて》にして抵抗《ていこう》を試みるイル。

ヘイズは肩をすくめ、茶でも淹《い》れようかとベッドから立ち上がり、

……なんだ？

不意に、視界の端にかすかな違和感《いわかん》。クレアも何かに気付いた様子で、あ、と小さく声を上げる。

「……見たよな?」

「うん、見た」

硫黄《いおう》がどうの炭酸がどうのと騒いでいた月夜とイルが、ただならぬ気配に気付いた様子で動きを止める。怪訝な顔で振り返る二人に、ヘイズはテーブルの上のディスプレイを視線で示す。

通信回線の向こうには、トロッコに乗って闇の中を突き進《すす》むファンメイとエドの姿。

その行く手、曲がりくねった洞窟の先をヘイズは指さし、

「何か光ったぞ、その辺」

*

がたんごとんと軽快な音を立ててトロッコは走る。行く手には螺子で編まれたレールが次々に出現し、背後では役目を終えたレールが元通りに地面に吸い込まれていく。トロッコはそのレールとくっついているから本当はガタゴト揺れるはずがないのだが、たぶんエドの演出だ。一緒に冒険《ぼうけん》物の映画を見ておいて本当に良かったと思う。

「楽しいねー!」

「はい」

最初は真っ直ぐ流体層の方角に向かうと思われた洞窟はすぐに右に左に曲がりくねり、途中

からは急勾配の登り下りまで交ざり始めた。現在位置は洞窟の入り口から南西に五キロ、地下に三百メートル——ということがわかるのは途《と》中《ちゅう》途《と》中《ちゅう》で敷設してきたセンサーと、通信回線の向こうでそのデータを解析《かいせき》してくれているハリーのおかげ。ファンメイ一人ならとっくに迷子になっているところだ。

……それにしても……

気になるのはこの洞窟の形と大きさだ。断面は完全な円形で、直径は常に正確に二十メートル。自分が目で見ただけでなく、エドとハリーにも計ってもらったから間違いない。曲がりくねった洞窟は岩盤剝き出しで、崩れやすそうな一部だけが金属と強化コンクリートで補強され、所々で枝分かれしたり不要になったのか埋め戻した跡《あと》が見られる場所もある。内壁の表面は平《へい》坦《たん》な場所では綺麗《きれい》だが、傾斜《けいしゃ》の急な場所ではあちこちに杭《くい》か何かを打ち込んだような穴が穿《うが》たれ、中には砕《くだ》けて大きな穴になっている所もある。

それでも、直径だけはどこでもぴったり同じ。

さっきから蝙蝠はもちろん虫一匹見ないのも納得《なっとく》がいく。天然の洞窟では有り得ないし、元からあった空洞を掘って繋いだ物でも無い。この場所は、一から十まで何かの機械を使って人工的に掘られた物だ。

曲がりくねった洞窟に合わせて、トロッコは少しスピードを落としてゆるゆると進む。螺子で編まれた椅子は柔《やわ》らかくて、地面の凹凸《おうとつ》に合わせて心地《ここち》よく揺れてなんだか眠《ねむ》くなってくる。

すごい事件は起こらないし大冒険でも無いけれど、これはこれで良い感じ。ずっと昔の「最初の自分」の記憶にこんな光景があった気がする。シティ外の自然公園で乗った子供向けのジェットコースター。そういえばあそこには確か温泉もあった。

洞窟の中の気温はいつの間にか暑すぎも寒すぎもせず快適で、頰《ほお》に当たる風の感触《かんしょく》が心地よくて、行く手に迫《せま》る曲がり角の先には何か明るい光が瞬《まばた》いて、

待って。

光……？

「すとっぷすとっぷ！　エドすと――――ぷっ！」

急ブレーキでトロッコが停車し、弾《はず》みで投げ出された体が空中に一回転して両足揃った華麗《かれい》な着地を決める。頭の上で小龍の驚いたような鳴き声。隣に同じように投げ出されたエドが、こちらは螺子のクッションに守られて地面に三回ほど跳《は》ねて止まる。ヘッドライトの光の中にもうもうと立ち上る土煙《つちけむり》。駆け寄って男の子の無事を確認し、ともかく服に付いた埃《ほこり》を払い

――

洞窟の奥、ほんの数十メートル先の曲がり角からまたしても光。

普通のライトの明かりとは違う緑色の燐光《りんこう》。今度はさっきよりも強くて、おまけにすごい勢いでこっちに近づいているのがわかる。

断続的な機械の駆動音が洞窟の内壁に幾重《いくえ》にも残響する。ものすごく重い何かが足下の岩盤

を何度も繰《く》り返し踏《ふ》み砕く音。小龍が背中の毛を逆立てる。耳元の通信素子から報告を求めるハリーの声。エドがさらに多くの螺子を周囲に生み出して槍《やり》の穂先《ほさき》のように構える。

洞窟の曲がり角の先、差し込む光の中にのっそりと突き出す巨大な影《かげ》。

二人と一匹は息を呑《の》み。

揃って「それ」を見た。

そびえ立つ巨大な柱のような黒い脚《あし》が、最初に視界に飛び込んだ。

ぽかんと口を開けるファンメイの見つめる先、脚は洞窟の天井すれすれの位置にまで届く大きな上下運動を繰り返しながら、自身が放つ緑色の燐光の中を悠然《ゆうぜん》と進んだ。

高さは控《ひか》えめに見積もっても十メートル以上。金属光沢《こうたく》を放つ黒い装甲《そうこう》に覆われた、どこか虫のような形状の機械の脚。直線的な鋭《するど》さと生物的な柔らかさを兼《か》ね備《そな》えた脚の先端《せんたん》には分厚くていかにも丈夫《じょうぶ》そうな金属の爪《つめ》がついていて、足下の岩盤にがっしりと食い込んでいた。

規則正しい機械音と共に、同じ形状の脚が洞窟の奥から次々に姿を現す。左右に四本ずつ合わせて八本。それぞれの脚の一番高い所には幾つものパイプとシリンダーが付属した関節があって、脚はそこで折れ曲がって今度は逆に斜《なな》め下へとのびている。八本の脚に取り囲まれた中央にはこれまたバカみたいに大きな金属の胴体《どうたい》があって、脚は全てその胴体に繋がっている。

大きさの異なる二つの丸いブロックを繋いだ、何かのマンガで見た蜘蛛《くも》のお化けのような形。

幅《はば》はおよそ十メートル。脚まで含《ふく》めればおおよそ二十メートルで、この洞窟のサイズとほぼ同じ。八本の脚は全て前側の小さなブロックの方から生えていて、ブロックの正面には目の代わりのように十二個の丸いカメラが埋め込まれている。

動物の唸《うな》り声のような不吉《ふきつ》な駆動音と共に、八本の脚が放つ緑色の燐光が明るさを増す。

胴体の後方、大きい方のブロックの上部が軋《きし》んだ金属音と共に左右に開き、中から脚より一回り細い金属の腕が次々に持ち上がる。

こちらは左右に八本ずつ全部で十六本。それぞれの腕の先は爪やショベルや杭打ち機《パイルバンカー》などの建築機械になっていて、それぞれがやっぱり緑色の燐光を放つ。一際《ひときわ》目を引くのは一本だけ他より明らかに太くて大きな腕に取り付けられたドリル。マンガに出てくる先の尖《とが》ったドリルでは無い。本当に地面が掘れる鑢《やすり》のような刃《は》が付いた円柱形の、腕その物よりも大きなドリルが光の中でぎゅんぎゅんと回転する。

「か……」

ファンメイは、思わず一歩前に踏み出す。

感動のあまり胸の前で両手を組み、ため息混じりの言葉を吐《は》き出す。

「かっこい――――」

岩盤の螺子にいきなり体を摑まれ、大きく後方に放り投げられる。一瞬遅《いっしゅんおく》れてすさまじい破砕《はさい》音が響き、振り下ろされた巨大な金属の爪がファンメイが直前まで立っていた場所を横薙《な》ぎに払う。立ち上る土煙。我に返って空中に身をひねり、頭の上にしがみついたままの小龍の体を右腕《みぎうで》に取り込んで数十本の触手《しょくしゅ》を形成、弾《はじ》け飛んで目の前に迫る人の頭ほどの無数の岩塊を片《かた》っ端《ぱし》から撃《う》ち落《お》とす。

同時に視界の端で幾何学模様《きかがくもよう》を描く無数の螺子。こっちの体を放り投げつつ自分も螺子に運ばれて大きく後方に退いたエドが、天井から生み出した無数の螺子を機械の蜘蛛目がけて絡《から》みつかせる。甲高い金属音。全ての螺子があっけなく引きちぎられて宙を舞《ま》い、「あ」と小さく声を上げたエドは新たに生み出した螺子で自分の足をすくい上げて一気に蜘蛛の側面に回り込む。

蜘蛛の頭に埋め込まれた十二個のレンズが揃ってぐるぐると別々の方向に回転し、揃って男の子の後を追う。その間にファンメイは反対側の側面へ。背中に生み出した蝙蝠の翼を羽ばたかせて急加速、柱のようにそびえる黒い脚目がけて渾身《こんしん》の力を込めた跳《と》び蹴《け》りが炸裂《さくれつ》し、

(攻撃《こうげき》無効。危険)

跳ね返った体を空中に一転、返す刀で右腕の触手を叩《たた》きつけるがこちらも虚《むな》しく弾き返される。硬《かた》い。衝撃《しょうげき》が吸収されているとか力を打ち消されているとかそういう話では無く、とにかく信じられないくらいただ硬い。何か特別な加工が施《ほどこ》されているのか、叩いても蹴っても触手の糸を引っかけてもピカピカした表面には傷一つ付かない。

『——解析完了《かいせきかんりょう》。論理回路と未知の合金による複合装甲と推定』耳元の通信素子からいつにな

く切羽詰《せっぱつ》まったハリーの声が響き『戦前のいずれかのシティの秘匿《ひとく》技術とすれば、現状の戦力では破壊《はかい》出来ない可能性があります。お気をつけを』

「エド、てったーい！　じゃなくて戦術的転進！」

鈍《にぶ》い風切り音と共に振り下ろされるショベルを寸前でかいくぐり、そのまま蜘蛛の体の下をすり抜けて男の子の元へとたどり着く。小さな体を触手で抱《だ》き上げ、翼を羽ばたかせて巨大な蜘蛛の後方へ。エドが少しだけ驚いた顔で目を瞬かせ、すぐに周囲の壁から数百の螺子を生み出して触手からそっちへと飛び移る。同時にファンメイは着地、もう一度跳躍《ちょうやく》して空中に半転、振り返った視界の先で機械の蜘蛛がこれまでとは違う動きを見せるのに気付く。

「え？　なになになに――？」

八本の脚の先がそれぞれ花開くように幾つかのパーツに分かれて展開し、中からマンガやアニメや映画で数え切れないほど見た物体が出現する。複数の車輪の周りを金属のベルトで囲った、いわゆるひとつのキャタピラ。複雑な溝《みぞ》が掘られた履帯《りたい》が自重で足下の岩盤にがっちりと食い込み、展開した脚先のパーツが最初とは違う形に組み変わって太くて短い脚を再形成、蜘蛛の胴体部分が身をかがめるように地表すれすれにまで降下する。

がっしょん、と十六本の腕が互《たが》いを打ち合わせる音。

全ての腕がそれぞれの得物を真っ直ぐ正面に向け、見るからに「今から突撃《とつげき》します」という構えを取る。

　八基のキャタピラが唸りを上げ、機械の蜘蛛の巨体《きょたい》がその場で高速旋回《せんかい》する。ものすごく格好いい。だけど感動している場合ではない。エドと顔を見合わせて互いにうなずき、蜘蛛に背を向けて全力で移動を開始する。

『ファンメイさ――！』

　様、と言いかけたハリーの声がノイズに押し流されて彼方《かなた》にかき消える。蜘蛛がやって来た経路を逆に辿《たど》って曲がり角を左に。自分は翼を羽ばたかせ、エドは足下に生み出した無数の螺子に運ばれて。背後でさっきまでとは明らかに異なる演算機関か何かの甲高い駆動音が響き、キャタピラが岩盤を踏みしめる鈍い破砕音がぐんぐんと速度を増してくる。

「エド！　ゴーストハックは――？」

「いいえ」

　ようやく発することが出来たその問いに男の子は首を振って答える。相手の情報防御《ぼうぎょ》が強すぎるのか何なのか、とにかく制御を奪《うば》うことは出来なかったのだと納得する。曲がりくねった洞窟を右に左に、分かれ道を当てずっぽうで適当な方向へ。何度目かわからない角を曲がった瞬間《しゅんかん》に急に岩肌の壁が目の前の視界を遮り、足下にこれまでの洞窟と全く同じ直径の垂直な縦穴が出現する。

　エドと一瞬《いっしゅん》だけ視線を交《か》わし、迷うこと無く飛び降りる。

　翼の羽ばたきで自由落下をさらに加速。どこまで続くかわからない縦穴を一直線に下っていく。

　わずかに置いて行かれる格好になったエドが、穴の内壁から突き出《で》た螺子に運ばれてすぐに追いついてくる。男の子は生成と消 滅《しょうめつ》を繰り返す無数の螺子に下へ下へと投げ渡されながら、こっちに追いつけ追《お》い越せの勢いで深い縦穴をどんどん下っていく。

「よしっ！　このまま逃《に》げ切り――」

　闇の彼方、自分達が落ちてきた方向から断続的なすさまじい破砕音。

　網膜が知覚した赤外線のデータを脳内で視覚映像として再構成し、思わず、うわ、と声を上げる。

　巨大な機械の蜘蛛のお化けが縦穴をものすごい勢いで降下してくる。八本の脚の先をキャタピラから金属の爪に戻して岩盤に突き立て、背中から蜘蛛の巣《す》のように何百本ものワイヤーを張《は》り巡《めぐ》らせて。それぞれのワイヤーの先は金属の杭になっていて、岩盤に深く食い込んで蜘蛛の体を支える。行く手にワイヤーを撃ち出して新しい巣を張り、要らなくなった後方のワイヤーを引き抜き、八本の脚を岩盤から引き抜き、少し先の壁に振り下ろす――そんな規則正しい動作を際限なく繰り返しながら、家よりも大きな金属の塊《かたまり》が闇の中を全速力で駆け下りてくる。

「うわわわわわわわわ――！」

　幸い速度はこっちが上。蜘蛛がどんなに素早《すばや》いと言っても自分の体とほとんど同じ直径の縦穴の中では小回りが利《き》かない。自分もエドも頑張ればもう少し加速することが出来る。このまま行けば追いつかれる心配は無い。

だけどここは真っ直ぐな縦穴の中。

蜘蛛は正確に自分達の真上にいて、そいつは剝《む》き出しの岩盤をワイヤーや金属の脚で粉砕《ふんさい》しながら突き進んでいて、つまり、蜘蛛が少し動く度に頭上からは砕けて弾け飛んだ岩の塊が飛行艦艇の砲撃《ほうげき》並みの速度で雨あられと降り注いでくる。

「エド、ぼうぎょ！　ぼうぎょ――！」

「はい」

翼を羽ばたかせて落下の軌道《きどう》を変更《へんこう》、エドに近寄り小さな体を両腕《りょううで》で支える。同時に男の子の周囲の螺子が体から離れて縦穴を上方へと移動し、絡《あ》み合って穴を完全に塞ぐ分厚い網《あみ》を形成する。

時間にしてわずか一秒足らず。岩塊の雨が螺子の網に弾かれて一つ残らず跳ね返り、その無数の瓦礫《がれき》を上から押し潰すようにして蜘蛛の巨体が高速で網に飛び込む。錆《さ》びた機械を無理やり動かすような甲高い金属音。強引《ごういん》に進もうとする蜘蛛の全身に無数の螺子がまとわりつき、至る所で黒い装甲と擦《こす》れ合う。

それでも蜘蛛の表面には傷一つ付かない。自重と駆動部の出力に任せて巨体を網にぐいぐいと押しつけ、八本の脚をもがくように周囲の岩盤に突き立て――

あ、とエドの小さな声。

蜘蛛がこれまでで一番深く脚を岩盤に突き刺した瞬間、その一点を中心に縦穴の内壁に放射状の亀裂《きれつ》が走る。

ものすごく嫌《いや》な予感に襲《おそ》われ、両腕でエドを抱きしめたまま全力で翼を羽ばたかせる。同時にこれまで聞いたこともないほど大きな破砕音が響き渡り、壁が外側からハンマーか何かで撃ち抜かれたように文字通り弾け飛ぶ。

生じた穴から噴《ふ》き出すのは、もうもうと湯気を立ち上らせる熱湯。

見上げた視界の先、とめどなく押し寄せる文字通りのお湯の滝は砕けた岩盤と穴を塞ぐ螺子の網と巨大な機械の蜘蛛のお化けを全部まとめて下へと押し流す。

「うそ――――――！」

ものすごい勢いで噴き出す熱湯、いや温泉の滝は直径二十メートルの縦穴をいっぱいに満たしながら怒濤《どとう》のように頭上に迫る。どこからか変な圧力がかかっているのか、押し寄せる滝の流れはこっちが飛ぶ速度よりもさらに速い。エドがとっさにお湯が出ているのとは反対側の壁に手をかざし、それより速く砕けたそちらの壁にもひびが入る。大ピンチ。とっさに自分とエドの二人の体を翼でボール状に包み込み、隙間をぴったりふさいで中に熱湯が入ってこないようにする。

同時に押し寄せる衝撃。体が浮力《ふりょく》で一瞬だけ浮き上がり、すぐに上下左右に激しく揺さぶられる。熱湯にまざって岩の塊か何かが次々に翼にぶち当たる。断続的に響く破砕音。天と地が何度もひっくり返り、I―ブレインの警告がものすごい勢いで脳内を駆け巡り――

急に、体に感じる開放感。

翼に受ける圧力が明らかに弱まり、自分達がどこか広い場所に投げ出されたのを感じる。

翼の表面に小さな爪を生み出し、周囲の瓦礫か何かを押す反動で滝の流れから抜け出す。両腕にエドを抱《かか》えたまま空中で勢いよく翼を広げ、息を吐いて周囲に視線を巡らせ、

「……ふえ？」

思わず、間の抜けた声。

眼下に広がる光景を見渡し、ファンメイはぽかんと口を開けた。

人工照明の淡《あわ》い闇に沈《しず》む、広大な空間だった。

少なく見積もっても十数キロ四方、天井から地面までの高さは百メートルほど。この冒険の最初に降り立った空洞よりもさらに広い地下の大空間は見渡す限りの地表を平坦に整地され、複雑に曲がりくねって枝分かれした何百本もの道によって幾つもの区画に仕切られていた。

目を凝《こ》らしてよく見れば、全ての道は色とりどりのレンガやタイルで丁寧に舗装《ほそう》されているのがわかる。フライヤーがどうにか一台通れそうな太くも細くもない道の両側には見事な枝振《えだぶ》りの木々が連なっているが、視界を拡大して観察するとそれらは全て岩を削り出しただけの作り物で葉っぱにあたる部分は緑色に塗装《とそう》されているだけなのがわかる。

だが、そんなことは大した問題では無い。

ファンメイが一番驚いたのは空洞の地表を覆い尽《つ》くす無数の建造物、道で区切られた何千もの区画にきっちり一つずつ存在する建物というか施設というか、つまり予習のために二十世紀の記録映像で何度も繰り返し見た「それ」だった。

「温泉……だよね……?」

「……はい」

一緒に映像で勉強したはずのエドの顔も自信無さそうに見える。当然だ。意味が分からない。

それぞれの温泉は形も規模も様式もバラバラで、統一感とかわびさびとか風情とかいうものが欠片《かけら》も感じられない。地面に穴を掘って石を組んだ日本式の露天風呂の隣に、大きなウォータースライダーを幾つも並べた旧世紀の大型プールのような大浴場。いろんな国の言葉で「温泉」と書かれた中層建築の四角い建物の隣に、怪《あや》しい魔《ま》方陣《ほうじん》だか何だかが描かれた壁で囲まれたいかにも修行《しゅぎょう》とか瞑想《めいそう》とか出来そうなこじんまりとしたお風呂。

それぞれの温泉はどれもこれも形を真似《まね》しただけで、肝心《かんじん》のお湯が張られていない。幾つかの場所には土色の汚《よご》れた水が少しだけ溜まっているが、ほとんどの浴槽《よくそう》はすっからかんで底には砕けた岩の塊が転がっている。

それでも、確かにこれは温泉だ。

ベルリン南方の雪原の地下二千メートルに隠《かく》された空洞の隔壁をくぐり、謎《なぞ》の巨大《きょだい》蜘蛛《くも》型ロボットと追いかけっこしながらさらに洞窟を千メートルほど潜って。

たどりついた謎の大空洞には、世界中のいろんな時代、いろんな文化の温泉が。

……なんで？

頭上からかすかな地鳴りの音。空洞の天井は地表とは対照的にごつごつとした岩盤で、直径二十メートルほどの穴が幾つも空いていて、自分達はその一つから温泉と共に降ってきたのだということがわかる。穴から降り注いでいた熱湯の滝はいつの間にか勢いを失っていて、その真下では砕けた四角い建物の残骸《ざんがい》の上に無数の瓦礫とさっきの蜘蛛型ロボットが積み上がっている。こういうことは時々あるのか、遠く離れた場所にある他の穴の真下でも同様に建物が粉砕されていて瓦礫が山を成しているのが見える。

腕の中のエドと顔を見合わせ、ともかく地面に降りてみる。

ほとんど雫《しずく》だけになった滝と動かない蜘蛛型ロボットから何十メートルか離れた、いかにも和式っぽい温泉の近く。岩を削って積み上げて作られた旧世紀の日本家屋っぽい建物の陰《かげ》から顔を突き出し、あたりに動く物が無いのを確認して一つうなずき、

「ちょっと見てくるから、エドはここで待っててね」

男の子に手を振って歩き出す。もうもうと立ちこめる湯気を手で払いひっくり返ったまま動かないロボットに抜き足《あし》差し足で近寄る。こうやって落ち着いて見るとあらためて大きい。頭のレンズはファンメイの家の照明の何倍もあるし、瓦礫からにょっきり突き出た黒い脚なんか

そのままフライヤーの整備工場の柱に使えそうで——

ぶんっ、と虫の羽音のような機械の駆動音。

慌てて街路樹っぽい岩の彫刻《ちょうこく》の陰に隠れるファンメイの前で、蜘蛛型ロボットが勢いよく跳ね起《お》きる。

黒い金属のお腹《なか》に降り積もっていた岩の塊が弾け飛んでそこらの建物の壁にめり込む。立ち上る土煙。ロボットは十二個のレンズで自分が壊した建物をちらりとうかがい、八本の脚を何やら慌てたようにその場でがっしょんがっしょんと動かし、甲高い電子音を鳴らしてこっちとは反対の方へと走り去っていく。

「……ハリー、あの子のこと、何かわかる？」

通信素子に小声で呼びかけ、反応が無いのにようやく気付いて唇《くちびる》を噛む。蜘蛛型ロボットと遭遇《そうぐう》したあたりから通信中継用の素子を設置した覚えが無い。たぶん、ここはすでに地上との回線の範囲外だ。

「エド、とりあえずこの辺手分けして」

言いながら振り返り、薄闇《うすやみ》の向こうに視線を凝らして首を傾げる。いない。さっきまで立っていたはずの建物の陰にも曲がりくねった道の先にも建ち並ぶ街路樹のような彫刻の間にも、小さな姿がどこにも見当たらない。

「エド……？　ねー、エドってば」

さっきのロボットに気付かれないように声を潜《ひそ》め、男の子の名を呼びながら歩き出す。日本のたぶん江戸《えど》時代の建物を模した彫刻の傍を通り過ぎ、古代ローマっぽいお風呂の前を左に曲がったところで、足下に薄《うす》く積もった土埃の上に小さな足跡《あしあと》を見つける。

行く手には、銭湯と書かれた複数の建物が密集する区画。

ごくんと喉《のど》を鳴らし、壁と壁の間の細い路地に入っていく。

街路樹のてっぺんや建物の屋根に取り付けられた簡易照明の光もここまでは届かない。赤外線の視界を頼りに曲がりくねった路地を進むうちに、どこかで見た昔の映画のことを思い出してしまう。人が住まなくなって寂《さび》れて廃墟《はいきよ》になった町。そこにはおかしくなった整備用のロボットが住んでいて、迷《まよ》い込んだ人間を捕《つか》まえては新しいロボットや施設の部品に――

思わず、ぶるっと身震《みぶる》い。

分かれ道の角の壁から頭だけを突き出して順に右と左を確認し、

……いた！

真っ直ぐ続く路地の奥、闇の向こうにようやく男の子の小さな背中を発見する。エドは行き止まりらしい場所で立ち止まったまま、時々誰かに相づちを打つようにうなずいたり首を傾げたりしている。

「もー、エドってば、ちゃんと返事してくれないと」

良かった、と安堵《あんど》の息を吐き、歩き出した瞬間、行く手にぼんやりとした光。

ゆっくりと振り返る男の子の背後に、丸い輪郭《りんかく》が浮かび上がる。

人間の身長の半分ほどの物体がごろりと転がる。道を譲《ゆず》るエドの隣をすり抜けるようにして、「そいつ」がぴかぴかと光を点滅《てんめつ》させながらゆっくりとファンメイの方に迫る。金属で構成されたボール型のフレームの真ん中に横に一本線が入り、瞼《まぶた》らしき金属パネルが大きく上下に開かれる。

闇の中に淡い緑色の燐光を放つ、巨大な、一つ目の、人間の目玉。

ファンメイは唇の端《はし》でちょっとだけ笑い、大きく息を吸い込み。

あらん限りの声で、悲鳴を上げた。


二人分の足音と、かすかな機械の駆動音が、闇の中に響いた。

色とりどりのレンガに舗装された細い道を、ファンメイはエドと並んで進んだ。

数メートル離れた道の先を、大きな金属の目玉がごろんごろんと転がる。あの後エドが説明してくれたところによると、誰かに呼ばれた気がして行ってみたら路地の行き止まりで出会ったらしい。大戦前に作られたと思《おぼ》しき謎のロボット。ゴーストハックを利用して情報のやりとりを試みてみたのだが、使われているプロトコルが特殊《とくしゅ》すぎて話が通じないらしい。

それでもどうにか意思疎通《そつう》を試みた結果、ついて来て欲しいらしいというのがわかったのがほんの数分前のこと。

そんなわけで、二人は導かれるまま、こうして地下の石造りの温泉街を進んでいる。

頭の上に黒猫姿で寝そべった小龍が退屈そうにあくびをする。薄暗《うすぐら》い通りには自分達の他に動く物はなく、さっきの蜘蛛型ロボットの気配も感じない。こうやって歩いてみるとやっぱり不思議な場所だなと思う。一見すると廃墟のようだが、廃墟に特有の「昔は誰かが住んでいた」感が無い。人間のことをよく知らない宇宙人か何かが、わずかな手がかりを頼りに見様見《みようみ》真似《まね》で人間の世界を再現してみた――そんな感じだ。

「ふしぎ」

「ほんとだねー、不思議だねー」

エドが「はい」と「いいえ」以外の言葉を口にするのは珍《めずら》しい。二人で顔を見合わせて首を傾げていると、急にロボットが動きを止める。

目の前には、ファンメイの身長より少し高いくらいの、ここまで見てきた中で一番小さな立方体型の建物。

岩を削っただけの周囲の温泉と異なり、これだけは強化コンクリートと金属で構成されていて、ちゃんとした何かの施設だということがわかる。

「%＄14￥8＋0！0！」

「なに？　ここに入って欲しいの？」

笛のような機械音声でロボットがさかんに何かを訴《うった》える。言われた通り、と言っていいのかわからないが、ともかく正面のドアを開くとロボットは嬉《うれ》しそうに中へと入っていく。つるんとした後ろ姿を見ているうちに何だか楽しくなってくる。大きな金属のボールにプラスチックレンズの目玉が一つだけという外観に最初は驚いたが、見慣れてくればこれはこれで愛嬌《あいきょう》がある。

ゆるい下り勾配のスロープを、急《せ》かすようにごろんごろんと転がっていき、

ごちん。

曲がり角の壁に勢いよくぶつかった。

どうやら高速移動はあまり得意ではないらしい。

「ねー、この先って何があるの？」

「@%&$#01＝43￥」

「……ごめん。何言ってるのか全然さっぱり」

隣のエドに視線で問うが、男の子も困った顔で首を横に振る。その間にも大きな目玉は一人で先へ先へと進んでしまう。角を何度か曲がった先は金属の扉。ロボットが立体映像の操作アイコンを頭の上に浮かべると、扉は左右に開いてエレベータらしき広い空間が姿を現す。

奥と左右の三方が透明《とうめい》なプラスチックの窓になっているが、外は金属の壁に囲まれていて面白い物は見えない。こわごわと乗り込むと背後で扉が閉まり、エレベータが静かに降下を始め、

『――シティ・ドレスデン……開発センター……うこそ』

いきなり、天井のスピーカーから機械合成らしい女性の声。

慌てて見上げるファンメイとエドの周囲に、幾つもの立体映像の資料が出現する。

『ここでは皆《みな》……に、当センターの概《がい》……ご説明しま……』

映像記録とイラストを交えた解説が、この場所が大戦よりもずっと前に近隣のとあるシティによって建造された研究施設だということを知らせる。が、おそらく老朽《ろうきゅう》化によって途切れ途切れになった映像はノイズまみれで、それ以上の詳《くわ》しいことがさっぱりわからない。

どうにか判読出来たのは、施設の全体像らしいワイヤーフレームの構造図だけ。

エドと二人で立体の構造図をぐるぐると回し、うーんと首を捻《ひね》る。

図形の真ん中には真っ直ぐ縦にのびる細い管があって、その中を赤く点滅する人型のアイコンが下に移動している。管がエレベータでアイコンが自分達。赤い点の向かう先は四角くてものすごく広い空間に通じていて、「開発区画」と表示されている。

だが、エレベータの反対側、上の方には、自分達が歩いてきたあの温泉街の大空洞は存在しない。

その場所は空洞どころかちゃんと中身が詰まった岩盤の中で、上に向かうための数本のエレベータに沿って開発センターとは別の部署の地下実験室が幾つか点在しているだけ、ということになっている。

大空洞にあたる場所のさらに上にはファンメイ達が隔壁をくぐって最初にたどりついた円筒

形の空間があって、「極限環境実験室」とタグが付けられている。が、そこから四方八方にのびていたあの洞窟はやっぱり構造図には描かれていない。隔壁の上にはさらに幾つもの大規模な施設があったことになっているが、こちらには「二一八九年六月廃棄《はいき》」という説明と共に大きく赤い×が描かれている。

……ってことは？

腕組みして考えてみるが、どうにもよく分からない。この場所には昔、どこかのシティが作った実験施設があった。大戦が起こった頃に施設は廃棄されて、あの隔壁から上の部分は解体された。

その後で、誰かが岩盤をせっせと掘り進んで、あの洞窟や温泉街を作った。

やったのはたぶんあの蜘蛛型ロボットだ。

でも、何のために？

『まもな……発区画に到《とう》……ます。見学……楽しみ……さい」

思考を遮るノイズ混じりの声。エレベータの周囲を覆っていた金属の壁が唐突に途切れ、透明な窓の向こうから眩しい光が差し込む。わ、と思わず声を上げ、すぐに気付いて窓に顔を押しつける。

眼下に広がるのは、強化コンクリートと金属で完璧《かんぺき》に整備されたシティの工業区画のような空間。

上で見た温泉の大空洞とは全く違う。完璧に規格化された立方体型のプラントが等間隔《とうかんかく》に整然と並ぶ広大な空間はどこまで見渡しても全く同じ姿で、端にあたる場所には傷一つ無い金属の壁が垂直にそびえ立ち、天井を覆う金属の骨組みに繋がっている。

プラントの一つ一つは一辺が百メートルほどの大型の物で、白一色に塗《ぬ》られた金属質の表面から淡い緑色の燐光を発して今も稼働状態にあることを表している。プラントとプラントの間を格子《こうし》状に走る舗装道には数え切れないほどの立体映像ディスプレイが浮かんでいて、その全てが何かの映像らしき物を繰り返し表示している。

現在の人類の生産力ではもう再現出来ない、戦前のシティの技術と工業力で生み出された大規模な構造群。端から端まで数十キロはありそうな大工場には地表と天井を繋ぐ透明なチューブが何本かのびていて、自分達が乗るエレベータもその一つの中を降下しているのだろうとすぐに気付く。

広大な空間を見渡しているうちに、遠く離れた場所に奇妙《きみよう》な物体を発見する。小さな丸と大きな丸の胴体に八本の太い脚のような柱がついた、つまりは蜘蛛の姿を模したような幅二キロほどの巨大な建物。周囲のプラント群と形状が全く異なる上にサイズも不釣《ふつ》り合いなその施設は、まるで後から誰かが持ってきたか、どこからか自分で歩いて来たように見える。

「……ぁ」

驚いたようなエドの声。ファンメイもすぐに目を見開く。蜘蛛型の巨大な施設のお腹の辺りから、小さな何かが次々にプラント群の上に降りてくる。いや、小さくない。周囲のあらゆる物が大きすぎて錯覚《さっかく》してしまいそうになるだけで、通りに列を為《な》して行進を始めるその物体は十分に大きい上に見覚えがある。

上の洞窟で遭遇したのと全く同じ形状の蜘蛛型ロボットが、何千体と列を為して広大な開発区画を練り歩く。

ものすごく嫌な予感に襲われ、無意識に一歩後退《あとずさ》る。ロボット達はよりによってファンメイが乗るこのエレベータの終着点に開けた円形の広場をぐるりと取り囲み、背中から爪やらドリルやらを取り出して高々と掲げる。

待って、と声を上げる間もなくエレベータが停止。

無慈悲《むじひ》に開いたドアから、目玉がごろんごろんと転がり出る。

釣《つ》られるようにエドが駆け出してしまい、ファンメイも慌てて後を追う。三歩進んだところで立ち止まり、頭上から落ちる影を見上げてごくりと喉を鳴らす。

目の前には柱のように林立する黒くて太い脚。一つの頭に十二個ずつ、何万ものレンズの目がありとあらゆる方向からこっちを見下ろし――

きゅるきゅるると、調子外れの歌のような電子音。

数千体のロボット達が一斉《いっせい》に、挨拶するように背中の腕を左右に振る。

「……ふえ？」

進み出た目玉が金属の瞼で何度か瞬《まばた》きして電子音を鳴らすと、蜘蛛型ロボット達はうなずくように体を上下させてその場で回れ右を始める。文字通り蜘蛛の子を散らすように、ロボット達がキャタピラの音を響かせて広大な開発区画のあちこちへと走り去っていく。

「……あれ」

エドの声に我に返り、小さな指の示す方向を見上げてぽかんと口を開ける。エレベータの周囲の広場やそこから四方にのびる通り、建ち並ぶプラント群の白い壁、ありとあらゆる場所に表示された数メートル四方の立体映像ディスプレイが、全く同じ映像を再生する。蜘蛛型ロボット達は数体ずつに分かれてそれぞれの画面の前に陣取り、十二個のレンズで食い入るように映像を見上げている。

上からではよく見えなかったが、ここからならはっきりわかる。

古代の遺跡《いせき》の紹介《しょうかい》に始まり、人類の歴史を辿るような数々の解説。

二十世紀の日本の庭園らしき場所で、雪景色の中に石造りの浴槽からほわりと立ち上る湯煙《ゆけむり》。裸《はだか》で、タオル一枚で、あるいは水着で、様々な場所でのんびりとお湯に浸《つ》かる様々な人種の老若男女《ろうにゃくなんにょ》。

画面に大きく表示される『世界の温泉』のタイトル。

それを見上げて嬉しそうに機械の腕を振るロボット達。

……どうしよう……

わけがわからなくなってしまい、クレアの真似をして額に指を当ててみる。なんだか頭がくらくらしてくる。温泉を掘りに地下に潜ったはずが、とんでもないことになってしまった。隔壁の下には昔の研究施設があって、そこには蜘蛛型のロボットがたくさんいて、その子達はどうやらせっせと地下で温泉を造成していて、過去の温泉の記録映像で日々勉強しているらしくて、

「つうしん」

「そ、そっか！　通信！」エドの言葉に遠退《とおの》きかけていた意識が復旧し「やっぱりハリーか誰かに相談しないとダメだよね！　この子の言ってることもわかんないし！」

瞬きしながらレンズをぴかぴかさせている目玉型ロボットの前に駆け足で回り込む。

目線を合わせるつもりでエドと二人でその場にしゃがみ込み、丸い金属のフレームにぺたぺたと手を当てて、

「えっとね……？　お願いがあるんだけど、上の方に通信……んーと、ネットワークってわかる？」

目玉が不思議そうに瞬きし、きゅーっ？　と機械合成の鳴き声を上げる。

ファンメイはエドと顔を見合わせ、意を決してもう一度ロボットに向き直り、

「だからね、こう、遠くにいる人とお話しするの。こんな感じの画面出して……わかんない？えっと……」

通信回線の向こうに現れたハリーの喜びようは、大変なものだった。

横線三本で描かれたマンガ顔のＡＩは四角いフレームを波形に揺らし、周囲に涙形《なみだ》のアイコンを幾つも散らして、ついでとばかりに花束やらクラッカーやらありとあらゆる画像を周りにぐるぐると回転させた。

『本当に、本当にご無事で何よりです！　お二人に万が一のことがあれば、私はみなさまになんとお詫《わ》びすればよいか――！』

ロボットの協力でなんとか繋がった回線の向こうには、ハリーの他にもう一つ、ヘイズとクレアの家に通じる通信画面が映し出されている。寝室には二人の他にもなぜか月夜とイル、それからリチャードが集まっている。こっちが大変なことになっているらしいと気付いたヘイズが呼んでくれたらしい。

『二人ともほんとに大丈夫？　ケガとかしてない？』

「大丈夫！　クレアさん、ありがと！」

腕を曲げてガッツポーズをして見せると、ベッドから体を起こしたクレアがふんわりと笑う。他の面々がそれぞれに無事を祝う言葉を投げ、ようやく一段落したところでハリーが四角いフレームをゆっくりと横に動かし、

『それで、そちらの方ですか。ファンメイ様とエドワード様が出会われたというのは』

自分の話になったのがわかるのか、目玉型ロボットがレンズをぴかぴかさせる。ファンメイ達がいるのはエレベータに近い小さな白いモニュメントの前。操作卓《たく》か何からしいモニュメントの側面には蓋に隠された接続端子《たんし》があって、そこからのびたケーブルの束が目玉の頭……というのも変だがとにかくロボットの球形フレームの一番上に繋がっている。

『少々お待ち下さい。……なるほど、このプロトコルは随分古めかしい』

ハリーの横線三本の目と口が何度か波打つと、目玉が急に今までとは違う歌うような機械音を発する。顔の縁《ふち》をにゅにゅっと曲げてうなずくハリーに、目玉はすごい勢いで色々なリズムと階調の音を鳴らし始める。どうやら通じたらしい。ファンメイには昔の映画でときどき見かける安物のロボットの変な動作音にしか聞こえないが、ハリーは表情をくるくる動かしながら『なるほど！』だの『それは大変なご苦労を』だのと声を上げている。

ややあって、マンガ顔が通信画面の向こうとこっち、全員の顔をぐるりと見回し、

『おおよそのところは判明しました』もったいぶって咳払《せきばら》いし、小さな立体映像の資料を四角い顔の隣に表示して『こちらの方、元々は外惑星《がいわくせい》開発用の自動建築システムだったそうです』

「ふえ？」

ハリーが翻訳《ほんやく》してくれたところによると、そういう話なのだという。プロジェクト『星 織 り《シユテン・ウイーバー》』。無人のロケットに乗って何光年も離れた遠い星にたどり着き、長い時間をかけてその星全体を改造する。地殻を掘り進んで採掘《さいくつ》した鉱物資源を精錬《せいれん》し、小さな機械から少し

ずつ大きな機械を作り、活動に必要なエネルギーや壊れてしまった自分の部品の代わりを全部自給自足でまかない、何百年も何千年もかけていつか人間が移り住むことが出来る環境を構築する——そういう気が遠くなるほど遠大な計画のために生み出された、完全自律稼働の巨大ロボット。

「そっかー」ファンメイは少し離れた場所に並ぶ蜘蛛型ロボットの巨体を、すごーい、と見上げ「それであの子達、あんなにおっきい」

『いえ、そちらにいらっしゃるのは作業用のサブユニット。本体は全長二千メートル高さ四百メートルで、大型の飛行艦艇百隻《せき》分ほどの大きさになるそうです』

「えっ」

思わずエドと顔を見合わせる。ゆっくりと振り返った視線が、広大な開発区画の奥、八本の脚で固定された巨大な蜘蛛型の建造物で止まる。

「じゃあ……じゃあれって、工場じゃなくてロボット——？」

目玉ロボット——いや『星織り』が嬉しそうにレンズをぴかぴかと点滅させる。たぶん、この子があのとんでもない大きさの蜘蛛と何千体もいる他の小蜘蛛《くも》達の制御中枢《せいぎょちゅうすう》なのだ。

『待って、ちょっと待って』と、通信画面の月夜が手のひらで話を制し『話はわかったけど、何でそんなのがそんな地面の下にいんのよ。しかも資料にも残ってないって』

『それなのですが』と横線三本のマンガ顔を急に曇《くも》らせ『結局、その計画は頓挫《とんざ》して、この方達は宇宙どころか一度も地上に出たことが無いのだそうです』

人類の歴史の最も輝《かがや》かしい時代に始まった『星織り』計画は、大気制御衛星の暴走事故によってあえなく中止に追い込まれた。開発元であったシティ・ドレスデンは大戦の初期に不利な状況に陥《おち》いり、自治政府がロボット達の兵器転用を計画。それに反対した開発担当の研究者達が地下研究施設の上半分を事故に見せかけて破壊し、『星織り』を開発区画ごと封印《ふういん》してしまった。

『最後の日に、おにいさんやおねえさん——おそらく開発スタッフであった方々が言葉を残されたそうです。「いつか必ず青空が戻ってくる。そうしたら迎《むか》えをよこすから、一緒に世界を直してくれ」と。この方達は来るべきその「いつか」に備えて準備を始めた。ですが、残念ながらこの施設のデータベースは上部施設と共に破棄《はき》されてしまっていて、人類の文化や建築様式について学ぶための資料がここには無かった』

『で、どうにか残ってたのが、研究員の誰かが私物で持ってたその「世界の温泉」のデータディスクか？』ヘイズがなんとも言えない顔で赤髪をわしわしとかき『なにか？　そいつら、いつか地上を復旧するための練習で、そこで温泉掘りまくってたってことか？』

通りに並ぶ蜘蛛型ロボットの数体が、肯定《こうてい》するように爪やドリルを振る。どうやら、この会話を含めた全ての情報は他のロボットにも共有されているらしい。

『と言いましても、施設が封印された後はこの方達は休眠《きゅうみん》状態に入っておられましたから、活動を始めたのはほんの一年前のことだそうです』ハリーは頭の上に時計やカレンダーのアイコンを表示し『世界に青空が帰ってきて文明活動が再開したと判断したので、プロトコルに従って再起動したと』

思わずその場の全員と顔を見合わせる。もちろんそうだったら嬉しいが、残念ながら西暦二二〇一年の今でも空は雲に覆われたままだし、人類の文明は相変わらず大ピンチの真っ最中だ。

『一年前いうたら、ちょうど地震が始まった頃やな』イルが、んん？　と首を捻り『ひょっとしてやけど、あれってこいつらが……』

『だろーな』へイズが一つ指を鳴らし『いくら地下二千メートルだ三千メートルだっつっても、そんだけ派手に掘り返してりゃ揺れて当然だ。けど、なんでまた、んな勘違《かんちが》い……』

『――そういうことか』

いきなり、会話を遮る声。

先ほどから一人で端末《たんまつ》を叩いていたリチャードが顔を上げ、

『そちらから得られた情報と周辺の状況を総合した結果、仮説が立った』火が付いていないタバコを指先でくるりと回し『おそらくだが、彼らが目覚めた原因は我々――あえて限定するなら、天樹錬君だ』

月夜が最初に何かを理解したような顔で、あ、と寝室の天井を仰ぎ、へイズとクレアとイルがすぐに似たような声を上げ、ぞれぞれに納得したような困ったような妙《みょう》な顔をする。

わけがわからない。

思わず、エドと一緒に首を傾げる。

一年前と言えば南極衛星の雲除去システムを巡って、シティ連合と賢人会議《けんじんかいぎ》の大決戦が行われた頃だ。舞台《ぶたい》になったのは今は世界再生機構の町があるベルリン南方の雪原、つまりだいたいこの空洞の真上。その場所で、天樹錬は二つの軍勢をまとめて退けるためにとんでもない情報制御を行使して——

「……あーっ！」

『そういうことだ』リチャードはうなずき『休眠中の「星織り」のセンサーは、途方《とほう》もない密度の情報制御を感知した。だが、彼らが眠ったのは大戦が始まった頃。その後の情報制御理論や魔法士の進歩など知らんし、まして錬君がやったあの疑似《ぎじ》演算機関の生成など夢のまた夢だ。人類のエネルギー供給レベルはこれほど大規模な演算機関を運用出来るほどに回復した——そう誤認《ごにん》しても不思議は無い』

『以来一年間、迎えが来る日に備えて活動していたところ、ファンメイ様とエドワード様が上の隔壁を開かれるのを検知したそうです』ハリーがこの探索《たんさく》の最初、地下に降りていく自分とエドの映像を表示し『歓迎に向かったのですがどうにも力加減がわからず、申し訳ないことをしたと謝罪しておられます』

通りに並ぶ蜘蛛型ロボットの一台が目の前に進み出る。他の機体と区別が付かないが、たぶん自分達が上の洞窟で遭遇したあの子なのだろう。八本の脚を大きく曲げ、丸い頭を地面に擦《こす》りつけ、十二個のレンズを下向きにしてロボットが「伏《ふ》せ」の姿勢を取る。

ちょっと犬っぽい。

エドが手をのばして頭を撫でると、蜘蛛型ロボットは嬉しそうに電子音を鳴らす。

『ま、まあ良かったわよね。そいつらに町の下まるごと掘り返される前に謎が解けて』月夜が口元に手を当てて、うーん、と首を捻り『けど、困ったわね。そのまま地下に置いとくわけにもいかないし、そこまで大きいの地上に出したらそれはそれで大騒《おおさわ》ぎだし、まず世界がどうなってんのかちゃんと説明しなきゃだし』

通信画面の向こうの全員が同じように首を捻り、ファンメイもエドと顔を見合わせる。全長二キロの、たぶん大戦前のシティの技術がこれでもかと詰め込まれた巨大ロボット。地上に残っている四つのシティの自治政府に話は通さないといけないし、どこに置いておくのかという問題もある。世界は平和になったとはいえ、人類と魔法士の共存に反対している人達もまだ多い。そういうテロリストの手にこの子達が渡らないようにちゃんと準備をしないと——

『は——？　いえ、お待ち下さい、それは——』

思考を遮るハリーの声。何事かと視線を向ける一同の前で横線三本のマンガ顔が両目と口をぐねぐねさせ、

『ですから、地上は……まずご説明を——』

「なになに？　どうしたの？」

『いえ、それが』ファンメイの問いにハリーは困り果てた顔で『世界が元通りになって、迎えの人も来たので、いよいよ自分達の出番だとおっしゃっています』

言葉に同意するように『星織り』がプラスチックのレンズをぴかぴかさせる。

ふえ？　と首を傾げるファンメイの前。

金属の瞼を閉じた大きな目玉が、ものすごい勢いで通りを転がり始めた。


唐突な動きに、一瞬だけ反応が遅《おく》れた。

気が付いた時には、目玉型ロボットの球形の金属フレームはすでに幾つものプラントの前を通り過ぎた遙《はる》か彼方にあって、開発区画の一番奥に鎮座《ちんざ》する蜘蛛の「本体」目がけて全速力で疾走している真っ最中だった。

「ま、待って待って待って――！」

慌てて駆け出そうとしたファンメイの隣をすり抜けて、蜘蛛型ロボットが次々に同じ方向を目指して通りを爆走《ばくそう》する。八本の脚の先にキャタピラを展開して高速移動形態に変形した数千体のロボットが、広大な開発区画のあらゆる方向から一斉に本体へと殺到《さっとう》する。鳴《な》り響く甲高いキャタピラの駆動音。金属の地面に堆積した岩や土の粒子が一気に巻き上げられて、火事の煙《けむり》のようにそこら中から立ち上る。

不意に体が浮き上がる感触。エドが地面から生み出した金属と強化コンクリートの螺子でこっちの体をすくい上げ、自分自身も何十本かの螺子で支えてものすごい速さで追跡《ついせき》を始める。風圧に吹《ふ》き飛《と》ばされそうになった小龍が三つ編みの長い髪にしがみついたまま情けない声を上げる。小さな体を摑んで背中に取り込み、蝙蝠の翼に変えて一息に羽ばたく。籠《かご》状に絡み合った螺子を発射台代わりに、翼の中に生成した管からジェット噴射《ふんしゃ》のように空気を吐き出して一気に飛翔《ひしょう》。林立するプラント群の隙間を木の葉のようにすり抜け、数百体の蜘蛛型ロボットを瞬く間《ま》に抜き去り、振り下ろした右腕の先から鞭《むち》のように飛び出した長い触手の先端が数十メートル先を転がる目玉型ロボットの球形のフレームを正確に捉《とら》え――

鳴り響く乾《かわ》いた金属音。

目玉の周囲を併走《へいそう》する蜘蛛型ロボットの背中から振り下ろされた巨大なショベルが盾のように触手の行く手を遮り、跳ね返った触手が糸を巻くようにこっちの腕へと吸い込まれる。

蜘蛛型ロボットはそのままショベルで目玉をすくい上げ、大きく跳躍して前を行く別な蜘蛛の背中に飛び乗る。仲間の背中から背中へ、水面に浮かぶ石を渡るように、軽《かろ》やかに跳躍を繰り返した全長二十メートルの蜘蛛は行く手に建造物のようにそびえる巨大な「本体」へと瞬く間に到着する。

目玉を抱えた蜘蛛は『星織り』の前部、それだけで数百メートルはある巨大な球形の「頭」に飛び乗る。前面に取り付けられた何千個もあるレンズの巨大な目、その中央に一つだけぽっかり空いた穴の傍へと蜘蛛は慎重《しんちょう》な足取りで這《は》い進む。背中から生えたショベルや爪が生き物のような滑《なめ》らかさで動く。たぶんそこが本来あるべき場所なのだろう、大きな目玉は頭の中央の穴にすっぽりと収まり、そのまま中に吸い込まれて見えなくなる。

一瞬遅れて、すさまじい地響《じひび》きの音。

『星織り』の頭から突き出した巨大な八本の脚が、ゆっくりと上下運動を開始する。

一本一本がシティ内の高層建築よりもさらに大きな黒い脚が、轟音《ごうおん》と共に開発区画の金属の大地を強く踏みしめる。全長二キロの巨体がその場で旋回し、頭が壁の方へと向き直る。とっさに天井すれすれまで飛び上がるファンメイの眼下を、先ほどまでとは比較《ひかく》にならない量の土煙が通りを津波《つなみ》のように流れ去る。すさまじい衝撃にもプラント群は倒壊《とうかい》したり損傷を被ったりする様子は無い。さすが大戦前の施設だと妙な感心。同じように天井まで浮上《ふじょう》して難を逃《のが》れたエドの体を触手で巻き取り、何度も強く羽ばたいてどうにか『星織り』の巨大な背中に着陸する。

全長二キロの蜘蛛の「胴《どう》」にあたるのだろう。体の後ろ半分のブロックは平べったい円筒形で、上に乗っていると建物どころかそれ自体が独立した金属の地面にしか見えない。試《ため》しにそこらを叩いてみるが、小型の蜘蛛の体と同様にとんでもない硬さで傷一つ付けられない。エドが表面に手を当ててゴーストハックを試みるが、上手く行かない様子で首を左右に振る。「ハリー！　説得！　この子止めないと！」

『先ほどから再三ご説明差し上げているのですが、聞く耳を持っていただけません』目の前に出現した横線三本のマンガ顔が何かを悟《さと》りきったような穏《おだ》やかな表情で『自分達の役目がようやく果たせることに、ことのほかお喜びのご様子です』

がっしょんがっしょんとものすごい機械音が地面の方から響き、地平線のような『星織り』の背中が勢いよく降下する。金属の地面の端っこに駆け寄って見下ろした視界の先、八本の巨大な脚の先端が小蜘蛛に比べてかなり複雑な機構で変形して数百メートル規模のとんでもない大きさのキャタピラが八本出現する。かっこいい。こんなにかっこいい物がこの世にあって良いのだろうか。だけど感動してはいられない。分厚い金属のキャタピラが地面をがっしりと捉え、地を這うような姿勢になった『星織り』の巨体を支える。

背後で軋んだような機械の駆動音。振り返った先で『星織り』の背中を覆う金属装甲がスライドし、ミサイルの発射口のような円形の穴が次々に開く。中からせり出してくるのは数百本の巨大な円筒形のドリル。一本一本が建物どころか普通の飛行艦艇よりも大きなドリルは長くて太い金属の腕に支えられて蜘蛛の正面に突き出し、開発区画の内壁の一面、そこだけ岩盤がむき出しになった場所に深々と突き立つ。

轟音と共に粉砕された壁の向こうに、真っ直ぐ斜め上に通じる別な空洞が姿を現す。おそらく前々から準備されていたのだろう。巨大なトンネル型の空洞はちょうど『星織り』が通れる広さで、等間隔に設置された照明には赤や緑の光が瞬いている。

『「発進！」、だそうです』

「うん！　わかる！　言われなくてもわかるからそれ！」

蜘蛛の巨体が動き出す。初めはゆっくりと、すぐにすさまじい速度に。風圧に吹き飛ばされそうになり、とっさに両腕でエドの体を抱きしめる。背中の翼を数百本の糸のような触手に分解、『星織り』の腕や脚など思いつく限りの場所に巻き付けて体を支える。その間にも光に満たされたトンネルは視界を高速で流れ去る。赤、緑、赤、緑、もしかするとこの照明も夜の温泉街のお祭りか何かをイメージしたのだろうか。そういえば、途中で何ヶ国語かで書かれた「いってらっしゃい」の看板が見えたような気がする。

目隠《めかく》しか何かのために残されたのだろう岩盤がトンネルの行く手に迫り、数百本のドリルがその壁を紙か何かのように突き破《やぶ》る。砕けた壁と共に凍《こお》り付《つ》くような冷気が上からトンネル内に吹き寄せ、慌ててリュックから防寒着を取り出してエドに頭からかぶせる。同時に数本の触手で降り注ぐ岩塊を片っ端から払う。その間にも『星織り』の巨体は上に上に。周囲を覆っていた岩のトンネルが唐突に途切れ、一面の闇が前触《まえぶ》れもなく視界いっぱいに広がる。

空には、見渡す限りの鉛色《なまりいろ》の雲。

零下《れいか》四十度の大気に、肌《はだ》の表面が凍り付くのを感じる。

勢い任せにトンネルから飛び出した『星織り』の巨体が、数百メートルの高さで放物線を描いてゆっくりと降下を開始する。まずい。自分はともかくエドは一緒に落ちたら確実に墜落《ついらく》死する。触手を全部翼に巻き戻し、男の子を抱えたまま一羽ばたきに急浮上。空高くに舞い上がり、ようやく一息吐《ひといきつ》いて眼下を振り返り――

飛行艦艇の主砲《しゅほう》が直撃《ちょくげき》したような衝撃音と共に、『星織り』の巨体が着地。

噴き上がったおびただしい量の雪煙《ゆきけむり》が、空に大きな輪っかを描いた。

荒涼《こうりょう》とした闇色の雪原に、静寂が降りた。

ファンメイはエドを抱えて空中に油断なく身構えたまま、全長二キロの巨大な機械の蜘蛛を見下ろした。

『星織り』は八本のキャタピラで地面を踏みしめ、数百本のドリルを背中に掲げたまま微動《びどう》だにしない。闇に沈む黒い装甲を見ているうちに不安になってくる。世界が平和になって青空が戻ったと思って喜び勇んで飛び出してきたのに地上はこのありさま。昔の映画や小説で似たようなパターンはさんざん見た。こういう時は大抵《たいてい》良くないことが起こる時だ。がっかりしたロボットがおかしくなるとか、世を儚《はかな》んでいきなり人類を滅《ほろ》ぼすとか言い出すとか――

「……ハリー、あの子何か言ってる？　何かわかる？」

『お待ちを』横線三本のマンガ顔がしばらく考える素振《そぶ》りを見せ『「思ってたのと違う」というようなことをおっしゃっています。どうも、困惑《こんわく》されているようです』

「そうだよね……とにかく、ちゃんと説明して」

『ですので、とりあえずシティ・ドレスデンにいっておにいさんとおねえさんの指示を仰ぐと』

「だから待って！　ちょっと待ってってばぁ！」

思わず叫《さけ》ぶファンメイの腕の中でエドが「ぁ」と小さな声。八本のキャタピラが唸りを上げる。『星織り』は地響きと共に全長二キロの巨体を反転、歌のような調子外れの電子音を雪の平原に響かせ、急加速で前進を始める。

「ど、どっち？　あの子どっちに行ってるの？」

『南東の方角、ドレスデン跡地《あとち》を目指されているようですが……』言いかけたハリーの顔の周りに汗や渦巻《うずま》きのアイコンが次々に散り『いけません。このまま行きますと、およそ二時間後に私達の町の真上を通過する計算になります』

「えええええええええええええ――？」

翼を強く羽ばたかせて急加速。どうにか『星織り』の行く手に回り込むことに成功する。地表すれすれまで降下し、エドに目配せで合図して手を離す。地面から出現した数百の螺子がすぐに男の子の体を絡め取り、速度を保ったまま雪原の上を滑るように移動する。それを確認してファンメイはもう一度翼を一羽ばたき。巨大な蜘蛛の側面に回り込み、両腕を触手に変えて高層建築のようなとんでもない大きさの脚の表面に刻まれた細かな凹凸に引っかける。

「止まって！　止まってってば、この――っ！」

ジェット噴射の要領で翼から風を吐き出し、ありったけの力を込めて脚を引っ張るが、『星織り』の巨体はほんのわずかも揺るがない。流石に考えがなさ過ぎたとちょっと反省。どう考えてもこれは引っ張っているというより、高層建築の端っこにぶら下がって風に煽《あお》られているだけの状態だ。大型飛行艦艇百隻分の超巨大《ちょうきょだい》ロボットがこんなことで止まるはずが無い。

眼下の地面を『星織り』と併走するエドが、足下から次々に土と氷塊《ひょうかい》の『腕』を生み出して巨大な脚を掴む。全長二キロの巨体が一瞬だけ揺らぎ、加速が弱まる。が、そこまで。マサチューセッツ跡地の戦いで暴走した自分の巨体さえも抑《おさ》え込んでみせた飛行艦艇並みのサイズの『腕』も『星織り』を止めるには足りない。地面から生えだした六本の巨大な『腕』が力に抗《こう》しきれなくなったように次々に根元から折れ、『星織り』は何事も無かったようにただ前だけを目指して加速を再開する。

驚いたように目を丸くしたエドが、頭を振ってもう一度地面に手をかざす。同時に『星織り』の行く手、キャタピラの一つの進路上で地面が無数の螺子にばらけて巨大な穴が出現する。轟音と衝撃。幅数百メートルのキャタピラは同じサイズの穴に見事にはまり込み、そのまま巨大な脚がずぶずぶと中ほどまで沈み込んでいく。

と、脚の周囲で次々に巻き起こる甲高い衝撃音。

先端に金属の杭が取り付けられたワイヤーが高層建築のような脚の表面から数千、数万と撃ち出され、落とし穴の内側の壁に次から次へと食い込んでいく。

落下途中で宙に縫《ぬ》い止められた巨大な脚が、ワイヤーに巻き上げられて地上へと這い上がる。足止めに成功した時間はわずか数十秒。キャタピラが軽快に轍《わだち》を刻み、『星織り』は何事もなかったように前進を再開する。

「リ・ファンメイ！　なんだこれは！　そこで何をしている！」

いきなり頭上から声。巨大な脚に触手でしがみついたまま体を捻って仰ぎ見《み》る。舞い落ちる雪の向こうには騎士剣《きしけん》を携《たずさ》えたソフィーの姿。さらに上では人形使いのサラと炎使いのソニアがそろって目を丸くしている。

「ちょっと温泉掘ってたのー！」風に煽られながら大声で答える。「そしたらこの子が出てきて、町が大変なのー！」

「よくわからないがわかった！　足止めだな！」

は？　と首を傾げるサラとソニアを捨て置いて、自己領域に包まれたソフィーの姿が視界から かき消える。一瞬遅れて防寒着姿の少女は地表すれすれ、巨大なキャタピラのすぐ傍に出現。滑るように翻《ひるがえ》った片刃《かたは》の騎士剣がキャタピラのわずかな隙間、金属板と金属板を繋ぐ細かなパーツを直撃——したと思った次の瞬間、煌《きら》めく刃は少女の体もろとも虚しく宙に跳ね返る。

「硬《かた》っ！　リ・ファンメイ！　なんだこいつは！　硬いなんて物ではないぞ！」

「ごめんなさい！　ソフィーさん、ごめんなさいなのーっ！」

どうやら無事らしい少女を置き去りに、『星織り』に引きずられるまま雪原を爆走する。再び自己領域をまとったソフィーの体は瞬きする間に蜘蛛の巨大な胴体の上に出現、何度か攻撃を試みた後、大声で応援《おうえん》らしき言葉を叫んで蜘蛛から離れていく。

『――おい！　どうなってる、返事しろ、おい！』

いきなり、通信素子からノイズ混じりの声。目の前に立体映像の通信画面が出現し、ヘイズとクレアがそろって目を丸くし、

『良かった、やっと通信つなが……って、ファンメイ――？　あんた何やってんのよ！』

『おいどういう状況だそりゃ！　あのでかぶつはどうなって……』

二人に向かってどうにか手を振り、通信素子のカメラの角度を変えて目の前に壁のようにそびえる『星織り』の脚を映して見せる。あんぐりと口を開ける二人の隣に別な通信画面が出現。世界再生機構の会議室に移動したらしい月夜とイルとリチャードの隣に、今度はシスター・ケイトとサティ、それに元軍人やら魔法士やら組織の前線指揮官クラスの人々がわんさと集まっている。

『また厄介《やっかい》な物を掘り出したねえ』サティが巨大なスパナで肩を叩いて嘆息《たんそく》し『そいつはただの工作機械じゃない。大戦前のシティが技術と資源をありったけつぎ込んだ、文字通りの「人類の夢の結晶《けっしょう》」だ。情報強度は完璧だし、絶対零《れい》度の真空だろうと摂氏三千度の高圧マントルだろうとおかまいなし。ソフィーの嬢《じょう》ちゃんがさっき斬《き》ろうとしたキャタピラだけでも秘匿技術の十や二十は詰め込まれてるはずさね』

「感心してる場合じゃ無いの、お婆《ばあ》ちゃん！」いつまでも風に吹かれていても埒《らち》があかない。触手をたぐってどうにか黒い脚のてっぺんの平らな部分によじ登り「どうしよう！　この子止めないと、町が！」

その場の全員の視線がサティに集中する。

老婆《ろうば》は『まあそう慌てんじゃないよ』と首をぐるりと回し、

『狙《ねら》うなら頭だね。あんたが会ったっていうでっかい目玉。あいつが弱点だ』

え、と眼下、数百メートルを隔《へだ》てた位置にある『星織り』の頭部ブロックを見下ろす。目玉型ロボットは確かに頭の中に吸い込まれて消えて、直後にこの巨大な蜘蛛型ロボットが動き出した。あの子が制御中枢なのはたぶん間違いない。だけど……

『いくら頑丈に出来てるって言っても、そいつは軍用品じゃない。暴走した時の安全装置も必要だから、弱点は分かりやすいように設定されてる。ファンメイの嬢ちゃんが会ったっていう目玉、そいつを頭ごと潰《つぶ》せばしまいだ。まともな武器を積んでるわけでもなし、魔法士みんなと飛行艦艇並べて砲撃すればしまいだよ』

『了解《りょうかい》しました』ケイトがうなずき『時間がありません、すぐに始めましょう。世界再生機構の全戦力を町の北西百キロに集結。攻撃準備を……』

「だめ――――――――――っ！」

自分が出せる一番大きな声で、ファンメイは叫ぶ。

驚いたように振り返る一同を前に全力で両腕を振り、

「だめ！　ぜったいだめ！　この子なにも悪いことしてないの！　ただちょっとわかってないだけなのに、壊すなんて絶対だめ！」

『私も反対する』

唐突に、通信画面から声。

黙《だま》って成り行きを見守っていたリチャードが立ち上がって会議室の中央に歩を進め、

『完全に動作する外惑星開発用の自律稼働システムなどおそらく二度と手には入らん。有効活用出来れば人類の生存圏《けん》拡大にどれほど貢献《こうけん》するか計り知れん』その場の全員をぐるりと見回し『地下開発にも人手が足りん。破壊は最後の手段にすべきだ』

「せんせー……」

思わず、ちょっと涙ぐむ。

と、ディスプレイの向こうのケイトが『やはりそうなりますか』と嘆息し、

『ですが、残された時間は限られています。あのロボット――「星織り」が町に到達《とうたつ》するまであと二時間足らず。それまでに対策を立てるとなると……』

『落とし穴掘るいうんはどないや？』と、会議室の隅でイルが手を上げ『さっきちびっ子が掘ってたやろ。あれのもっとでかいの掘って、そこに一回落としたったら』

『だめよ、町が近すぎる』隣の月夜がすぐに遮り『あいつが這い上がれない穴ってなったらと

んでもない規模よ？　そんな穴にあんな重い物落としたら局所地震起こすのと同じよ。魔法士みんなで頑張っても衝撃は防ぎきれない。相殺《そうさい》出来なかった分のエネルギーだけで町なんか簡単に吹っ飛ぶわ』

『賢人会議に応援頼《おうえんたの》むってのはどーだ？　光使いの重力制御で無理やり持ち上げるとかよ』

『幾らセラでも一人であれはどーにもなんないわよ』

ヘイズとクレアのやり取りに、会議室の一同がそろって難しい顔をする。軍人達から幾つかの案が出されるが、すぐに別な誰かに否定される。そんな会話を横目に、ファンメイはうにゃーっと両手で頭を抱える。思考がぐるぐると回転する。なんとかしなければ。地下で人間のためにずっと待ってて、温泉が好きな、この子をなんとかして助けなければ。

……落とし穴。ただの穴じゃなくて、もっと安全なの……

安全に、ゆっくり落とす。この子が這い上がれないくらい広くて深くて、衝撃を良い感じに吸収してくれるクッションみたいなもの。地面の下に埋まってて、柔らかくて、でも簡単に抜け出せないくらい重くて、それで今すぐにたくさん集められる、そんな都合の良い物がどこかに——

待って。

地面の下……？

「あった————っ！」

黒い装甲を一息に蹴りつけ、高層建築のような『星織り』の脚から飛び降りる。真っ直ぐ下に、地表すれすれに。驚いたようにこっちを見上げるエドの小さな体を抱き上げ、翼から風を吐いて一気に加速。巨大な蜘蛛を遙か後方に引き離し、真っ直ぐ前に、町の方角を目指して突き進む。

「せんせー！　今すぐ人形使いと炎使いの人集めて！　出来るだけたくさん！」

ディスプレイの向こうの全員が振り返る。腕の中のエドも、不思議そうにこっちの顔を見上げる。

『集めるとはどこにだ？　いや、まず何をするつもりだ？』

「何って、もちろん！」

満面の笑《え》みを浮かべて、ファンメイは背中の翼を羽ばたかせる。

目指すは町外れ、作業用エレベータを二千メートル下った果ての果て。

今日の冒険の出発点になった、あの地下の空洞。

「みんなで掘るの！　――温泉！」

＊

空から舞い落ちた雪の粒《つぶ》が、手のひらに小さな染《し》みを残した。

ファンメイは雪原の中央に突き出た小高い丘《おか》のてっぺんで両手の拳を高々と掲げ、仲間達に大声で呼びかけた。

「そろそろ来るよー！　みんな準備はおっけー？」

通信素子の向こうで数百人の魔法士が合図を返す。幅二キロに渡って等間隔に配置された世界再生機構の人形使いと炎使い達は、一様に北西の方角、目標が出現するはずの場所に向かって身構える。

同時に、地平線の彼方に立ち上る雪煙。

甲高いキャタピラの音と調子外れな電子音の歌を響かせて、文字通り山かと見まごう『星織り』の巨大なシルエットがすさまじい速度で迫る。

『これより作戦を開始します。地上班攻撃準備、三、二、一、開始――』

ケイトの声を合図に、魔法士達が一斉に攻撃を開始する。無数の空気結晶の鎖《くさり》が、土塊《どかい》と氷塊の腕が、目前まで接近した『星織り』の八本の脚に絡みつく。高層建築のような八本の脚が大きく揺らぎ、目に見えて速度が弱まる。

が、それも一瞬のこと。

大型飛行艦艇の全力駆動さえも容易《たやす》く抑え込む鎖と腕の複合攻撃を容易く引きちぎり、蜘蛛の巨体は再び加速を始める。

追いすがるように生み出された新たな鎖が、腕が、巨大な脚に絡みついてはすぐさま崩壊《ほうかい》を繰り返す。数百メートル規模のキャタピラの行く手に次々に穴が出現し、蜘蛛は巣のように張り巡らせたワイヤーで体を支えて全ての穴を容易く乗り越える。その間にファンメイは蜘蛛の真下へ。ありったけの黒の水で生み出した数万本の触手を左右を通り過ぎる脚に巻き付け、裸足《はだし》の爪先を猛禽《もうきん》に似た自分の身長ほどの爪に変えて雪原深く食い込ませる。

「止……まって……この……！」

体中のありとあらゆる筋肉が悲鳴を上げ、触手が一本、また一本とちぎれ始める。『星織り』の歌うような電子音に困惑に似た響きが混ざる。それでも前進は止まらない。ありとあらゆる拘束《こうそく》をバカみたいなジェネレーター出力で振り解《ほど》き、全長二キロの巨体が次第に速度を増し、

『……できた』

通信素子の向こうからエドの声。

ファンメイは全ての触手を体に巻き戻し、翼の一羽ばたきで『星織り』の下から抜け出して空高くへと飛び上がる。

「ヘイズ、お願い――！」

おう、という笑いを含んだ声に続いて、指を弾《はじ》く軽い音が雪原に響く。同時に巨大な蜘蛛の真下、ファンメイが直前まで立っていた地点の地面が構造を失って砂のように崩れ落ちる。

生じた穴の底にのぞくのは、湯気を立ち上らせる水たまり。

穴は周囲の地表に無数の亀裂を走らせながら急速に拡大し、次の瞬間、『星織り』の八本の

脚をまとめて呑み込む形で円形に陥没する。

落下を始めた『星織り』が慌てたように脚を動かし、先端を周囲に残った地表の端にかけることに成功する。が、ほとんど同時に轟《とどろ》く崩落《ほうらく》の音。膨大《ぼうだい》な運動エネルギーを叩きつけられた地表は縁から紙を破るように崩壊。支えを失った全長二キロの巨体は今度こそ為す術《すべ》なく虚空《こくう》に投げ出される。

その下に待ち受けるのは、直経十キロ、深さ千メートルにわたって蓄《たくわ》えられた熱水のプール。エドをはじめとした魔法士達の協力で地下の帯水層から汲み上げられた『星織り』専用の超巨大温泉が、極寒《ごっかん》の大気にもうもうと湯気を立ち上らせる。

すさまじい衝撃音と共にはるか上空にまで立ち上る水柱。『星織り』はゆっくりと水面に沈み込みながら、もがくように八本の脚を動かす。四方八方に撃ち出された何十万という数のワイヤーが、東西南北いずれの岸にもたどり着くことなくぷかりと水面に浮かび上がる。巨大な蜘蛛が落ちたのは自分の体長よりも遥かに広大な、支える物の無い流体の中。こうなっては、水底にたどり着くまで『星織り』には身動きを取る術が無い。

……後は、最後の仕上げ……！

数百本の螺子に支えられたエドの体が、水面の中央、蜘蛛の真上の位置に移動する。小さな手が眼下の『星織り』を指さすと巨大な温泉の外周に設置された数千台の演算機関が唸りを上げ、水底から突き出した数百本の腕が蜘蛛の胴体を水中に固定する。

八本の脚が水を掻《か》くように何度も上下し、やがて動かなくなる。

よし、と一息。

ファンメイは翼を羽ばたかせ、熱水のプールの中へと一直線に飛び込んだ。

＊

どしん、という衝撃があって、脚の下の地面が無くなった。

体を支えようとした時には手遅れで、体が丸ごとお湯の中にはまり込んだ。

脚で踏ん張《ば》ろうにもどこにも固い場所が無い。体を支えるための糸をあるだけ出してみたけど、どこにも届かない。

大きな大きなこの体が、もっと大きな水たまりの底に沈んでいく。

何がどうなっているのかわからない。

だけど、ぷかぷかする感触はなんだか面白くて、また歌い出したくなる。

空は暗くて、風は冷たくて、だけどここはすごく温かい。電気信号がぴかぴかはじける。はやくおにいさんとおねえさんに会わなきゃとかどうしたらいいか教えてもらわなきゃとか、そんな考えが周りにぽわぽわ浮かぶ泡《あわ》と一緒に遠くなって消えていく。

不意に、水面の方でどぼんと何かが飛び込む。ひらひらした服を身に纏《まと》った女の子が、真っ直ぐに頭の辺りに降りてくる。地面の下までお迎えに来てくれた、背中に翼が生えた不思議な女の子。こっちを見つめて、良かった、と何故《なぜ》かちょっと泣きそうな顔をし、両手で周囲の熱水をゆっくりとかき、

「温泉は、やっぱりお湯が無いとだよね？」

ほんとだ、とプラスチックの目をぴかぴかさせる。

翼の生えた女の子は笑い、小さな手でよしよしと頭を撫でた。

＊

もうもうと立ちこめる湯気が、柔らかな人工の風に吹かれて水面をゆったりと流れた。

長い、とんでもなく長い話をようやく終えて、ファンメイは湯船の中で、うーん、と大きくのびをした。

「そんなことがあったですか」

隣で黙って聞いていたセラが、なるほどです、と呟く。いつものポニーテールを頭の上でタオルでまとめた少女はお湯の熱さにうなじをほんのり赤くして、頬に汗を浮かべている。大きなお風呂にみんなで一緒に入るというのは最初は抵抗があったみたいだけど、ものの数分もしないうちに慣れて、今ではとろっとした透明なお湯を両手ですくってはこぼし、すくってはこ

ぼしを楽しんでいる。

ちなみに、二人とももちろん裸だ。

なぜって、ここは温泉なのだから。

全てはファンメイの希望通りに運んで、世界再生機構の町の一角には立派な温泉が出来た。

大きな石を円形に組んだ自然な感じのお風呂に、もう一つ木枠《わく》っぽい樹脂《じゅし》素材の四角いお風呂。

空に浮かぶ星や周囲にそよぐ山林はもちろん立体映像の偽物《にせもの》だし、本当はここは外じゃなく四角い建物の中だけど、それでもこのお湯だけは地下から直接汲み上げた本物だ。

お湯が溜まったプラスチックの竹筒がひとりでに倒れて、かこーん、と風情《ふぜい》溢《あふ》れる音を立てる。

今日はオープン前の、貸し切りの日。

もっとも、「温泉」を知ってる人なんてこの町にはほとんどいないから、この場所がたくさんの人で賑《にぎ》わうのはずっとずっと先になるだろうけど。

「それで、その『星織り』さんは？」

「先生が預かって、今は地下の拡張とか手伝ってもらってるの。なんか、工事がものすごくはかどって、計画は全部見直しだって」

これはすごいぞとんでもないぞ、と小躍《こおど》りして喜んでいたリチャードとサティの姿を思い出し、堪《こら》えきれずに噴き出す。あの後、巨大温泉の中からすくい上げられた『星織り』は自分が眠っている間の歴史と世界の現状を説明されることになった。『星織り』はドレスデンがすでに無いという事実には少しショックを受けたようだったが、自分の力が必要とされていることに俄然《がぜん》やる気を出したようで、地下の空洞を町に変えるという大事業に取り組んでいる。元々は千年万年単位でたった一人で外惑星を改造するために作られたロボット。ちょっとやそっとでは挫《くじ》けないように出来ているのかも知れない。

来年の今頃《いまごろ》には地下は地上と同様に人が住める状態になっているはずだとリチャードは言っていた。

もしかするとこれが三十年後のシティの機能停止に立ち向かう術になるかもしれないと、ルジュナをはじめとしたシティの代表からも期待の声が寄せられている。

「――何やってんのよクレア。良いからあんたも入んなさいよ」

「あ、あたしは良いわよ！　足だけ、足だけで良いからって、わっ！」

ざぶんという水音が湯気の向こうから響き、見知った人影《ひとかげ》が軽快な泳ぎでこっちに近寄ってくる。長い黒髪《くろかみ》をぞんざいに頭の上で束ねた月夜。後ろからはお湯に耳元まで浸かったクレアが、両腕で胸とかお腹の辺りとかを隠しながらおそるおそるというふうに続く。

「あんたねえ、別に良いでしょ見られても。減るもんじゃなし」

「減らなきゃいいってもんじゃないでしょ――？」月夜の言葉にクレアは耳たぶまで真っ赤にし「だいたい、なんでみんな素《す》っ裸《ぱだか》なのよ！　こういうのって普通、水着とか着るもんじゃないの？」

「クレアさん落ち着いて落ち着いて」ファンメイはお湯をかき分けてざぶざぶと近寄り「日本の古い文化で、温泉はこういう物って決まってるの。それにほら、熱いお湯だと水着より何も着てない方が気持ちいいし」

「それは……」クレアはううっとお湯の中で自分の腕とか足とかを撫で「まあ、確かにそんな気はするけど……」

「おーい、お前らー、風呂ん中で騒ぐなー」

のんびりとした声はファンメイの後ろ、竹細工を模した樹脂の壁の向こうから。敷地《しきち》の反対側の半分は男湯になっていて、そちらはそちらでヘイズ達がくつろいでいるはずだ。

「セラ、石鹸《せっけん》取ってくれる？」

「あ、はいです」

壁越《かべご》しに響くディーの声に応えて、小さな石鹸が壁の上を越えてふよふよと男湯の方に降りていく。賢人会議の代表として定期的に町の視察に訪《おとず》れている二人だが、今日居合わせたのは本当にたまたま。思い切って誘《さそ》ってみて良かったとファンメイはしみじみ思う。

「エドー、お湯加減どう？　ちゃんと入れてるー？」

「……はい」

応えるエドの声は夢見心地《ゆめみごこち》というか、なんだかほわほわしている。どうやら楽しんでくれているらしいけど、そういえば湯あたりのこととかちゃんと注意したっけとぼんやり考える。

「……すごいわね、本当に温泉じゃない」

「え、お風呂？　これ全部、ほんとにお風呂？」

「驚きました。ずいぶん本格的ですね」

洗い場の方から新たな声。立ちこめる湯気の向こうから弥生と沙耶、それにケイトが姿を現す。さらに後ろにはファンメイが声をかけておいた人達が次々に顔をのぞかせ、温泉はどんどん賑やかになっていく。

「ま、待てメリル！　やはり私は後で一人で――」

「良いから入る。ほら、肩まで浸かって一、二、三」

四角い木枠の湯船で騒ぐ二人を横目に小さく笑い、立ち上がって弥生の方に駆け寄る。自分より幾らか背が高い女性の手を取り、滑らないように体を支え、

「弥生さん、熱いお湯とか大丈夫？　調子悪くなったら言ってね。フィアちゃんにしっかりお願いされてるんだから」

「ありがと、メイちゃん」弥生は珍しく眼鏡を外した顔でふんわりと笑い「でも大丈夫。今日はすごく調子が良いの。温泉なんて子供の時以来だけど、やっぱり最高よね」

「さすが弥生。わかってるわね」

湯船に浸かったままの月夜がすかさず応じる。

首だけ後ろに反り返って男湯の方を仰ぎ、竹細工の壁に向かって声を張り上げ、

「どう？　イル！　あんたも思い知ったでしょ！　温泉の良さを――！」

しばしの沈黙《ちんもく》。

あー、となんとも気の抜けた声が塀《へい》の向こうから返り、

「ええなあ……温泉。最高やなあ……」

「わかれば良いのよ！　わかれば！」

上機嫌《じょうきげん》で応えた月夜が、頭にタオルを乗せてふんふんと鼻歌を歌う。セラと顔を見合わせ、一緒にくすくすと笑う。隣に入ってきた沙耶が、立体映像の日記帳を開いてさっそく何かを書き始める。

なんとなく息を吐き、湯船を囲う大きな石に頭を預ける。

水面にそよぐ湯気の揺らめき。

人々のざわめきと、水の跳ねる音。

「いつか、フィアちゃんも誘ってあげようね」呟き、天井に瞬く立体映像の星を見上げて「ついでに、天樹錬も」

「……ほんとですね」

隣のセラも同じ格好をする。

そのままぼんやりと体をのばしているうちに、なんだかうとうとと眠りそうになり、

「――ちょっとクレア、大丈夫？」

いきなり、湯船の反対側で声。慌てて目を開け、お湯をかき分けて近寄る。

湯気の向こうには、何だか気持ち悪そうな、すこし青ざめた顔のクレア。

月夜に支えられて立ち上がり、洗い場の方へと歩き出す。

「え、なに？　どうしたの？」

「だ、大丈夫。湯あたりって言うんでしょ？　ちょっとふらっとしただけだから」

駆け寄った弥生がクレアを手近な椅子に座らせ、何事か質問を始める。周囲のみんなが少し腰を浮かし、心配顔で成り行きを見守る。

「えっと、クレアさんどうかしたですか？」

「そっか！　言ってなかったっけ。んとね？」

近寄って不思議そうにこっちを見上げるセラに、しばらく前からクレアが体調を崩していることを説明する。

と、セラは何故だかちょっと恥《は》ずかしそうに両手を頬に当て、

「ええっと……もしかしてですけど、それって……」

ん？　と首を傾げるファンメイの前で、弥生がケイトを手招きする。月夜を交えた三人がクレアを前に真剣な顔で話し合い、それぞれに深くうなずく。

弥生が重々しく何かを告げると、クレアは赤い顔をますます赤くしてぽろぽろと涙を零《こぼ》し始

める。

……え、待って……

この一ヶ月のことが、頭の中をぐるぐると巡る。

結婚《けっこん》したばっかりの女の人が。

病気じゃないけど何だか調子が悪くて。

酸っぱい物が食べたいとか言い出して、急に気持ちが悪くなって。

……それって……！

振り返った弥生と月夜が、右腕でガッツポーズをして見せる。

ファンメイはその場の全員と顔を見合わせ、わぁい、と両腕を広げた。

「おめでただ――――――っ！！！」

＊

『――そうして、世界は今日も続いてく。

毎日何かが変わりながら、変わらない毎日を続けてく。

お父さんになることが決まったヘイズは、弥生さんや色んな人に教わりながらちょっとずつ家の準備を進めてる。子供の名付け親を頼まれた先生は、ああでもないこうでもないといつも唸っている。報《しら》せを聞いて一番喜んでいたのはたぶんディーで、いつまでもぼろぼろ泣いて動けなくなってて、セラちゃんが困ってた。困りながら、すごく嬉しそうにしてた。ああいうのは良いなと思う。

エドは最初は話が分からないみたいで不思議そうにしていたけど、だんだん分かってきたみたいで最近はいつ見ても嬉しそう。昨日は沙耶ちゃんや他の子達と一緒に新しい花壇《かだん》を作ってた。誕生日までに本物の花でいっぱいにするんだって。私も、出来るだけ手伝おうと思う。

他にはイルが子供にどんな流派を教えたら良いかなんて言い出して月夜さんに怒《おこ》られたり、その月夜さんは月夜さんで「まだ結婚祝いも出来てないのに別なお祝いが要るようになった」って慌ててたり、ケイトさんが小さな靴下《くつした》を編み始めたり、それ以外にもほんとに色んな事があって、今では町中があの結婚式の時みたいなお祭りの空気になってる。当のクレアさんは恥ずかしそうな、だけど嬉しそうな顔で、お見舞《みま》いに行くとお腹の音とか聞かせてくれる。

そんなこんなで、町は今日も平和で、世界はちょっとずつ良い方に向かってる。みんなが前を向いて走ってて、大変なことがあっても助けあって、楽しいこととか幸せなことが生まれて大きくなって、明日はもっと良いことがあるだろうって理由が無くても信じられる。

私達は、今日も元気に、がんばってる。

だからね、フィアちゃん。

世界はきっと、大丈夫だよ』

wizard's brain encore

ハッピーバレンタイン

初出：電撃hp公式海賊本 電撃BUNKOYOMI

二二〇一年某日《ぼうじつ》、食堂の厨房《ちゅうぼう》にて——


「うわ、めちゃくちゃええ匂《にお》いやん。シスター、それチョコか？」

「そうですよ、イル。リチャード博士に特別にプラントの使用許可をいただきまして」

「そういやもうすぐバレンタインやったな。……お、お前もチョコ作るんか？　沙耶《さや》」

「うん。やったことないけど、シスターが教えてくれるっていうから」

「よっしゃ、ほなおれもちょい手伝うか」

「……え、何この甘ったるい匂い。あんた達何やってんのよ。シスターまで」

「チョコ作りですよ。月夜《つきよ》さんもご一緒《いっしょ》にいかがですか？」

「……待って、チョコってことは、もしかしてあの『バレンタイン』とかいうやつ？」

「そらもちろん、そのバレンタインやけど。っていうかお前も知ってるよな？　前に錬《れん》が『自分もチョコ貰《もら》ったことある』言うてたぞ」

「や、確かにそうなんだけど……あの時は……ほら、何て言うか、ちょーっと色々あって」

「？」

＊

二月も半ばに近づいた、ある寒い日の昼下がり。

「月夜さん、『バレンタイン』って知ってますか？」

居間で銃《じゅう》の手入れをしていた月夜に、フィアは小さな声で問うた。

「ばれんたいん？」

聞き覚えのない言葉に月夜は首をかしげる。彼女もフィアも知るよしのないことだが、かつて恋人《こいびと》達の一大イベントであった『バレンタイン』の習慣は百五十年以上も前に廃《すた》れ、大戦で多くの歴史資料が失われた今となってはその言葉を知っている人さえ珍《めずら》しくなっている。

「何なの？　それ」

「昔々の風習らしいです。昨日、データライブラリーでたまたま見つけたんですけど」と言って、フィアは少し顔をうつむかせ「毎年、今頃《いまごろ》の行事で……あの、す、好きな人に……自分の気持ちを伝えるための物だって……」

少女の顔が見る見るうちに赤くなる。月夜は「ははーん」と笑い、

「なるほど……今日は錬も出かけてるし、帰ってくるまでに調べようってわけね」

フィアはこくこくとうなずき、いっそううつむき加減になる。月夜は「よし」と手を叩《たた》き、

「わかった、協力する」磨《みが》きかけの銃のグリップをテーブルに置き「で、どんな感じなの？

その『ばれんたいん』って。名前だけじゃなくて、何か手がかりぐらいあるんでしょ？」

「は、はい！」弾《はじ》かれるようにフィアが顔を上げる。「ライブラリーで見つけた写真、いっぱ

い持ってきました。『バレンタイン』とは書いてなかったですけど、二月の行事って説明があったからたぶんこれのことだと思います」

少女が立体映像ディスプレイに呼び出す写真を、月夜は「どれどれ」と覗《のぞ》き込む。二十世紀後半の日本の家の中と思《おぼ》しきその写真に、思わず眉《まゆ》をひそめる。

赤い鬼《おに》の面を被《かぶ》って逃《に》げ回《まわ》る、父親らしき男。

その男に楽しそうになぜか豆を投げつける、子供達。

テーブルの上には小さな丸焼きの魚が何匹《びき》かと、切り分けられていないどう見ても食べにくそうな太い巻《ま》き寿司《ずし》。

「……何よ、これ」

「たぶん、これが『バレンタイン』だと思うんですけど……」

風に吹《ふ》かれた部屋の窓が、かたかたと鳴った。

『節分』と大きく書かれた写真を前に、二人は首をかしげた。

「難しいわね」と月夜は言い、「難しいです」とフィアもうなずいた。

小一時間ほどかかって調べ終えた数百枚の写真を前に、二人は首を捻《ひね》った。

「なんか、見れば見るほど訳わかんなくなっていくわね」

「はい……もう、どうしたらいいのか……」

フィアが探し出してきた数百枚の写真は、どれも『バレンタイン』を撮影《さつえい》した物らしく随所《ずいしょ》に「赤い鬼の面」と「豆をぶつける子供」が写っている。場所は普通《ふつう》の家だったり東洋っぽい宗教施設《しせつ》だったりいろいろで、中には投げた豆を拾って食べている子供までいる。

どうやらこれは、「豆で鬼を追《お》い払《はら》う」とかそういう類の祭りらしい。

「……問題は、これがどうやったら愛の告白に繋《つな》がるか、ってことよね」月夜は首を捻り「そうね。例えばこの『節分』ってのを『せっぷん』って読めば、キスって意味になるけど」

「え！　キ、キスですか——？」

「けど、それは何か違《ちが》うっぽいわよね」慌《あわ》てるフィアの前で月夜は自分の言葉をあっさり否定し「困ったわね。真昼《まひる》のヤツに聞けば知ってそうな気もするけど、あいつ、依頼《いらい》終わらなくて三日は帰れないってさっき連絡《れんらく》あったし」

「確か、南米の方でお仕事ですよね」フィアはちょっとがっかりした顔で「じゃあ、通信でお話聞くのも無理ですね。遠すぎて」

「向こうが地球の裏側じゃ、あんまり長いメッセージも送れないし。ま、『ばれんたいん』やってるって一応は連絡しといたけど……」

言いかけた月夜の視線が、ふと、ある写真の上で止まる。指の動きで立体映像ディスプレイを引き寄せ、月夜は「んー」と眉根《まゆね》を寄せる。

どこかの商店を撮《と》ったと思しき一枚の写真。店の前で客引きをする、赤い鬼の扮装《ふんそう》をした男。

店の前に大きく張り出された、『豆、特売！』のちらし。

その横でなぜか売られている、『鬼』と書かれた大きなロールケーキ。

「……なるほどね」

「え？　月夜さん、何かわかったんですか？」

別な写真を調べていたフィアが、横から写真を覗き込む。

月夜は口元に手を当て、にやりと笑った。

「読めたわ」

「……つまりね、これはもともと日本じゃなくて、西洋のお祭りだったのよ」

ソファーの上で足を組み、月夜は重々しく告げる。

「『ばれんたいん』っていかにもヨーロッパ系《けい》の言葉っぽいでしょ？　これは元々、キリスト教か何かの厳粛《げんしゅく》な儀式《ぎしき》だった。それが日本に伝わった時に、これで一儲《ひともう》けしようとした商売人の変なアレンジが入って――」

月夜の指が鬼の面を、投げつけられる豆を、魚や巻き寿司を次々に指さし、

「こう、商業主義に毒された結果、こんなおかしな祭りになっちゃったのよ」

「そ、そうなんですか……？」

「間違《まちが》いないわね」

月夜は胸の前で腕《うで》を組み、偉《えら》そうに言い切る。そう言われるとフィアも、なんだかそんな気がしてくる。

「え、えっと、じゃあどうすれば」

「もちろん、これが元々どんな儀式だったか考えるのよ」

月夜は鬼が大きく写った適当な写真を一枚つかみ、

「まず、この鬼はもともと、キリスト教の悪魔《あくま》と考えれば良いはずね。ハロウィンのお化け、って方向もあり得なくは無いけど、それにしては『鬼』ってのがちょっと怖《こわ》すぎるから、たぶん悪魔の方で正解よ」

「なるほど……」フィアも神妙《しんみょう》な顔でうなずき「じゃ、じゃあこの、こっちの鬼さんが持ってるとげとげの金棒は」

「元々は悪魔の槍《やり》。金棒になってんのは日本風のアレンジよ」

月夜は断言する。フィアは「なるほど」と感心し、

「じゃあ、この豆をぶつけるのも、大本は神父さんがやる悪魔《あくま》払《ばら》いの儀式なんですね？」

「分かってきたじゃない」月夜は勢いよくソファーから立ち上がり「となれば話は早いわ。あんたも手伝って。忙《いそが》しくなるわよ！」


――二時間後。

普段着《ふだんぎ》から作業用のつなぎに着替《きが》えた月夜は、居間をぐるりと見回して額の汗《あせ》を拭《ぬぐ》った。

「ま、こんな感じでいいかしらね」

どうせなら、ということで、部屋の飾《かざ》りは可能な限りキリスト教っぽくしてみた。キリストの顔をあしらった置き時計とか黙示録《もくしろく》の文面をコピーしたタペストリーとか、とにかく少しでもそれらしく見える物はすべて地下の倉庫から引っ張り出し、こたつ布団《ぶとん》とか素振《すぶ》り用の木刀とか真昼がどこかで拾ってきた仏像型の置物とか、そういう日本っぽい物は全部目につかないところに隠《かく》した。

テーブルの上には、合成樹脂《じゅし》を成形して作った、悪魔のお面と三《み》つ又《また》の槍。

どちらも月夜の会心の作で、特にお面の方は子供に見せたらトラウマになること請《う》け合《あ》いだ。

台所の流しの上には近所から借りてきた十字架《じゅうじか》に聖書に、聖水のつもりの水入りガラス瓶《びん》、銀の弾丸《だんがん》、木の杭《くい》、ニンニクなどなど悪魔払いグッズの数々。

冷蔵庫の中には合成魚肉のオイルサーディンと、丸かじりできるように細く作ったロールケーキ。悪魔《Devil》と焼き印が押されたロールケーキは、もちろん『悪魔を頭から丸ごと食っちまうぜ！』という意味を表している。

「いい？　もう一回、手順を確認《かくにん》するわよ」月夜は得意満面でフィアを振《ふ》り返《かえ》り「夜になって錬が帰ってきたら、まずあのお面をかぶせて槍を持たせる。どうせ嫌《いや》がるはずだから、無理やりふん縛《じば》っていいわ。そしたら二人で悪魔払いして、最後はケーキ丸かじり。いいわね？」

　一つ一つ指さして、『ばれんたいん』の手順を説明する。

　が、フィアはなぜか釈然《しゃくぜん》としない様子で部屋をぐるりと見回し、

「あの……月夜さん」

「ん？　何か足りない」

「いえ、あの……」

　しばしの沈黙《ちんもく》。

　フィアは夢に出てきそうな悪魔のお面をじっと見つめ、心の底から不安そうな顔で、

「本当にこれで伝わるんでしょうか、私の気持ち……」

「……………え？」

　月夜は、はっと目を見開き、自分の作品の数々を見直す。二時間にわたる努力の甲斐《かい》あって、確かにイメージした通りの物はできた。赤い鬼は悪魔になり、豆をぶつけるのは悪魔払いになり、全体的にキリスト教の儀式らしくつじつまもあって、良《い》い感じに仕上がって……

　はたと気付く。

　いったいどうやったら、これが愛の告白に見えるのだろう。

「月夜さん……もしかして最初の目的忘れて」

「や、やーね何言ってんのよ！　そ、そんな訳ないじゃない！」月夜はぱたぱたと手を振り
「あんたの愛の力で、錬の中から悪魔を追い出すのよ。それでオッケー！　完璧《かんぺき》じゃない！」

「完璧……ですか……」

釈然としない顔でうつむくフィアの横で、携帯端末《けいたいたんまつ》がメッセージの着信を知らせる。月夜は手を伸《の》ばして端末《たんまつ》を取り上げ、「あれ」と声を上げる。

「真昼さんから、ですか？」端末を横から覗き込み、フィア。

「みたいね。ったく、遅《おそ》いわよ今さら。もう準備は済んだってのに……」

月夜の指がタッチパネルを叩く。ディスプレイに真昼のメッセージが浮《う》かぶ。

『――チョコの用意はもう出来た？』

「…………………………………………はい？」

二人は、顔を見合わせた。

「……どういう意味なんでしょう」

困り果てた顔で、フィアは真昼のメッセージを見つめた。

少女は胸の前で両手を組み合わせ、部屋の隅《すみ》から隅まで視線を巡《めぐ》らせた。

「チョコに関係がありそうな物って……ケーキをチョコで作れば良いんでしょうか」

「――違うわね」

即答《そくとう》する月夜を、フィアは「え？」と振り返る。月夜はまっすぐ少女に向き直り、

「フィア、私たち、ものすごい勘違《かんちが》いをしてたみたい」

少女の肩《かた》にがしっと両手を乗せ、

「つまりね――――この悪魔のマスクと槍は、チョコで作らなきゃいけないのよ」

「…………………………………………………………………………………………

え？」

「いや、お面と槍だけとは限らないわよね。この部屋の飾りも、悪魔払いの道具も、何もかもチョコで作るのが正しい『ばれんたいん』なのかも知れないわ！」

「つ、月夜さん落ち着いてください月夜さん！」

大慌《おおあわ》てでフィアが止めに入る。「さすがに何か違うんじゃないか」と少女はようやく気付く。が、月夜は真剣《しんけん》そのもので少女のエメラルドグリーンの瞳《ひとみ》をじっと見つめ、

「フィア……錬に気持ちを伝えたくないの？」

「え？　……あ、あの、それは」

「伝えたいんでしょ？　錬に『好き』って言いたいんでしょ」

「は、はい……それは、そうですけど……」

「だったらやるしかないのよ！」月夜はぐっと拳《こぶし》を握《にぎ》りしめ「私たち二人で、最高の『ばれんたいん』を成功させましょう――！」

少女に向かって力強くうなずく。月夜も心の底ではちょっとだけ「やばいかも」と思っているのだが、ここまで来たら後には引けない。

「月夜さん……」

フィアは、未来の『お義姉《ねえ》さん』の顔をじっと見つめる。そんなに自信満々に言い切られると、少女も何となく「これでいいんじゃないか」という気がしてくる。

「そ、そうですね。やりましょう！」

「そうよ！　やるわよ、フィア──！」

「はい──！」

二人は手を取り合い、力強くうなずきあった。

どちらも、ほとんどやけくそだった。


壁《かべ》の時計が、夜の八時を告げた。

二人はへとへとで居間のソファーに座り込み、チョコの香りでむせかえる部屋を見回した。

壁の飾りも十字架も聖書も、何もかもがチョコで作り直された。大量のチョコを作るために地下のプラントをフル稼働《かどう》し、それでも足りない分はフィアの能力を使った。使ったチョコを捨ててしまうわけにはいかないので、保存のために大きな冷蔵庫の中を掃除《そうじ》した。明日からは少なくとも一週間、三食チョコの生活が待っている。

テーブルの上には、チョコで作って食紅で色を付けた、悪魔のお面と三つ又の槍。

材料がお菓子《かし》になろうが甘い香りを漂《ただよ》わせようが、子供が泣いて逃げ出《だ》しそうな造形は何一つ損《そこ》なわれていない。

「……やったわね……フィア……」

「……やりましたね……月夜さん……」

二人は顔にびっしりと汗を浮かべて、互《たが》いにがっしりと手を取り合う。折良く、玄関《げんかん》の方でチャイムの音が聞こえる。

ただいまー、という脳天気な少年の声。

二人は小さくうなずきあい、部屋の扉《とびら》に向かった。

月夜は両手に悪魔のお面と槍を、フィアは悪魔払いの道具一式と少年をふん縛るためのロープとついでにノイズメイカーを胸に抱《かか》える。二人は真剣な顔で廊下《ろうか》をずんずん進み、玄関扉《げんかんとびら》の両側に陣取《じんど》る。

互いに目配せで合図をひとつ。

ドアの鍵《かぎ》を開け、ノブに手をかけて一気に引き開け、二人は少年めがけて飛びかかった。


「────ハッピーバレンタイン────！」


……その日、錬の悲鳴は夜明けまで続いた。

ようやく仕事を終えた真昼が家に戻《もど》り、一同が『バレンタイン』の正体を知ったのは、三日後のことだった。

wizard's brain encore

正しい猫の飼い方

初出：電撃hp vol.46

某日《ぼうじつ》、ファンメイの寝室《しんしつ》にて――


「こらー！　ホームズもルパンもポワロもモンクも言うこと聞くの！　ご飯は順番！　そこの壁《かべ》で爪研《つめと》いじゃダメ！　外に出るのもダメー！」

「ほら、こっち。……カリカリおいしい？　良かったね」

「あ！　沙耶《さや》ちゃんありがと！　その子しっかり捕《つか》まえといて！」

「大丈夫《だいじょうぶ》。良い子にしてるし、それにすっごく眠《ねむ》そう」

「わ……ホントに膝《ひざ》の上で寝《ね》た。沙耶ちゃんって猫《ねこ》のお世話上手だね」

「別に上手ってわけじゃないけど……この子達ってファンメイの話あんまり聞いてくれないよね。エドの言うことはすっごくよく聞くのに」

「はい」

「そ、そんなことないの！　みんなの面倒《めんどう》見てここまで育てたのって小龍《シャオロン》だし！」

「(だからファンメイの言うこと聞かないんだ) そういえば、この子達ってどこで拾ったの？　ロンドンであのウィリアム・シェイクスピアっていう船と一緒《いっしょ》に預かったっていうのは聞いたけど、その前は？　もともとファンメイとエドが飼ってたんだよね？」

「はい」

「そーなの！　ずっと前にすっごい事件があってね！」

＊

――いきなりだけど、エドは猫って見たことある？

うん、それ。しっぽが長くて、ヒゲが生えてて、ちっちゃくてふわふわで、にゃーにゃーって鳴くやつ。黒いのとか茶色いのとか混ざってるのとか色々いるけど、今日のお話に出てくるのは白いやつね。

そ。白いメスの猫。毛並みがつやつやしてて、きゅーっと細いしっぽが、こう、くるんって巻いてて。まだ子猫《こねこ》なんだけど、いっつも上を向いてお澄《す》まししてとっても上品で。

名前は……あったはずなんだけど、忘れちゃった。

とにかく、その猫はおっきなお屋敷《やしき》で飼われて、そのおうちには優《やさ》しいお父さんとお母さんと、エドぐらいの年の男の子と女の子と、それからお手伝いさんがたくさんいて、猫はみんなに大切にされて、毎日おいしい物を食べて、夜は一緒のお布団《ふとん》に入れてもらって、幸せに暮らしてたの。

……けど、ある日、そのおうちで大変なことが起きた。

お屋敷が、強盗《ごうとう》に襲《おそ》われたの。

機関銃《じゅう》を持った覆面《ふくめん》男が三人で乗り込んできて、家にいる人を手当《てあ》たり次第《しだい》に撃《う》ち殺《ころ》していった。猫はお母さんに助けてもらって戸棚《とだな》の中に隠《かく》れてたんだけど、犯人に見つかっちゃって、面白半分《おもしろはんぶん》にフライヤーで追い回されて、最後はやっぱり撃たれて死んじゃった。

お父さんもお母さんも男の子も女の子もお手伝いさんもみんな殺されちゃって、お屋敷はすっかり空っぽ。

それから何日かして、お父さんのお兄さんにあたる人が、遺産を相続してそのお屋敷にやってきたの。

その人は自分の家族を連れてお屋敷に引《ひ》っ越《こ》して、中を全部自分たち好みに改装して、そのお屋敷に住むようになった。あとで分かったんだけど、強盗を雇《やと》ったのはその伯父《おじ》さんで、最初から全部、お屋敷を乗っ取るための計画だったの。

悪い伯父さんと、伯父さんの奥さんとその息子《むすこ》。三人はお父さんが大切にしてた美術品とかお父さんが持ってた会社とかを全部勝手に処分して、たくさんお金を手に入れた。警察の人は熱心に捜査《そうさ》したけど、伯父さんの方が何から何まで一枚上手で、結局、伯父さんが強盗を雇ったっていう証拠《しょうこ》は見つけられなかった。

悪い伯父さん達は、新しくなったお屋敷で贅沢三昧《ぜいたくざんまい》。

けど、そのうち、不思議なことが起きるようになったの。

最初に、息子が、夜中に変な音が聞こえるって言い出した。台所の壁の中から、かりかりって爪《つめ》で何かをこする音と、猫の鳴き声みたいなのが聞こえるって、すぐに奥さんも言い出すようになった。その壁は改装前には戸棚があった場所で、ちょうど、あの日、子猫が隠れてた場所だった。

しばらくすると、家のあちこちで、白い猫の毛が見つかるようになった。猫なんかどこにもいるわけがないのに、掃除《そうじ》しても掃除しても、カーペットや棚《たな》の上にいつの間にか白い毛が散らばってるようになった。

たくさんの猫の毛で、配水管が詰《つ》まるようになった。晩ご飯のスープやお茶に、気が付くと白い毛が混ざってるようになった。みんなだんだん気分が悪くなってきて、最初に奥さんがノイローゼになった。息子はこんな家さっさと売ってしまおうって言ったけど、悪い伯父さんはうなずかなかった。家が人手に渡《わた》って、どこかに残ってるかも知れない自分たちの悪さの証拠が見つかるのが怖《こわ》かったの。

家の中はどんどん険悪になっていって、みんな、小さな物音でも怖がるようになって。ある日、とうとう、遊びに行った息子が、帰ってこなくなったの。

警察の人が二日かかって見つけた時には、息子は近くの山の中で死んでた。足跡《あしあと》が山の中を延々何十キロも続いてて、はいてた靴《くつ》がぼろぼろに破けてまるで誰《だれ》かに追いかけ回されたみたいだった。何か分からないけどものすごく怖い目にあったらしくて、死体の顔は引きつってて目も真っ赤になってて、死因は長い距離《きょり》を歩き続けた過労による心臓麻痺《まひ》って事になったけど、正確なところは分からなかった。

泣きながらお葬式《そうしき》の準備をする悪い伯父さんのところに、別な知らせが来た。

伯父さんがお父さんを殺させるために雇った三人組の強盗が、同じように死体で発見された、っていうお知らせだった。

一人は息子と同じように山の中で見つかって、後の二人はそれぞれ、自分の家の中とフライヤーの操縦席で死んでた。三人とも身体《からだ》中に白い猫の毛が散っててあちこち引っ掻《か》かれた痕《あと》があって、家で死んだ人は自分の部屋のベッドの下で、頭を抱《かか》えてうつ伏《ぶ》せになった格好で見つかった。フライヤーの人は一日中何かから逃《に》げてたみたいで、朝の記録では満タンだったエネルギーパックが見つかった時には空っぽになってた。

伯父さんはとうとう怖くなって、荷物をまとめて奥さんを無理やり家から連れ出した。奥さんはもう半分おかしくなってたけど、なんとかフライヤーの後部座席に押し込んで、自分は操縦席に座ってスイッチを入れた。

とたんに、がたん、ってものすごい音がした。

フライヤーの後ろの窓ガラスに、小さな猫がぶつかるのが見えた。

猫は何匹《びき》も、何十匹《びき》も、それこそ何百匹も集まってきて次々にフライヤーの窓に体当たりを始めた。どれもこれもそっくりの真っ白な子猫で、どれもこれも写真でコピーしたみたいに全く同じだった。伯父さんは慌《あわ》ててペダルを踏《ふ》んで、フライヤーを発進させた。交通規則なんか無視して全力で加速して、高度も一気に上げて、上空に飛び出した。

けど、それでも猫はついてきた。

スピードはとっくに時速百キロを超《こ》えてるのに、高度も五百メートルまで行ってるのに、猫はどこからか湧《わ》いてきて、フライヤーに次々に取り付いてきた。

左右と正面と後ろの窓が、白い猫の顔でいっぱいに埋《う》まった。猫の鳴き声が幾《いく》つも幾つも重なって、完全防音のはずの窓ガラスがびりびり震《ふる》えた。伯父さんはフライヤーをでたらめに操縦して、なんとか猫を振り落《お》とそうとした。けど、猫は何にも感じてないみたいに、全く同じ顔で窓を隅《すみ》から隅までびっしり埋めて、幾何学模様《きかがくもよう》みたいに並んだ何百、何千っていう目で伯父さんをただじっと見つめた。

奥さんがいきなり笑い出して、手荷物の中から小さな銃を引っ張り出した。

伯父さんが止めるのも聞かずに、窓ガラスに向けて引き金を引いた。

弾《たま》は防弾《ぼうだん》仕様のフライヤーの中で跳《は》ねて、奥さんの頭に当たった。奥さんは笑いながら倒《たお》れて、そのまま動かなくなった。

伯父さんは奥さんの方を振り返《かえ》って、しっかりしろ、って叫《さけ》んで。

……すぐ傍《そば》で、猫の鳴き声がしたの。

伯父さんはゆっくり振り返って、自分の足下《あしもと》を覗《のぞ》き込んで

操縦席の下の暗がりに、半分腐《くさ》って骨になった

白い毛と血の赤でまだら模様の、小さな猫が――

＊

身体中の毛が、ぞわっと逆立った。

エドは、わぁぁぁぁぁ、と自分でも良く分からない叫び声《ごえ》を上げ、生命維持槽《いじそう》の羊水をばたばた泡立《あわだ》ててこれでもかというほど小さく身を縮こまらせた。

「はーい。じゃあ今日のお話はこれでおしまい」

部屋の真ん中に座った少女が、あははと笑いながら本を閉じる。立ち上がって膝の埃《ほこり》を払《はら》い、長い三つ編みのお下げを背中に流す。

つり目がちな黒い瞳《ひとみ》に、健康そうな小麦色の肌《はだ》。

リ・ファンメイという名の少女はぞろりと長い東洋系のドレスの裾《すそ》を翻《ひるがえ》し、元気いっぱいにこっちに駆《か》け寄《よ》って、

「もー、エドってば怖がりすぎ！　こんなのぜんぜん序の口なのにっ！」

生命維持槽のガラスにぺたっと頬《ほお》を当て、満面の笑《え》みでこっちを見上げる。高さ二メートル以上もある円筒《えんとう》ガラスの生命維持槽は半透明《とうめい》な薄桃色《うすももいろ》の羊水に満たされ、エドはその中に裸《はだか》のままでぷかぷかと浮《う》かんでいる。円筒ガラスの蓋《ふた》の部分からは色とりどりのチューブやケーブ

ルが四方八方に伸《の》び、広い部屋のあちこちに繋《つな》がっている。

シティ・ロンドン所属、二百メートル級特務工作艦《かん》『ウィリアム・シェイクスピア』操縦室。

ついでに付け加えると、二ヶ月前に起こったとある事件の後始末のために、この船は植物型生体コンピュータ『世界樹《せかいじゅ》』の制御中枢《せいぎょちゅうすう》として、巨大《きょだい》な樹の中腹、地上からの高度一万五千メートルの辺りに取り込まれた形になっている。

「けど、エドってけっこうおっきな声出せるんだね。ちょっとビックリ」

ガラス筒《つつ》から手を放し、ファンメイが感心したようにうんうんとうなずく。

何がそんなに楽しいのか両手を広げてくるくる回り、ぴたっとこっち向きで止まって、

「それで、どう？　面白《おもしろ》かった？」

期待いっぱいの顔で見つめられて、エドはとっさにうなずく。本当はいつも聞かせてもらっているわくわくする話とか面白い話とかの方が好きなのだが、少女をがっかりさせてはいけない。

案の定、ファンメイは、やったー、と手を上げ、

「じゃあ、明日はもっともっと、も――――っと怖い話探してくるね！」

それはちょっと、と内心で震え、ふと気になって頭の中で言葉を思《おも》い浮かべる。首筋に接続された電極から情報が伝わり、部屋の天井《てんじょう》の大型スクリーンにメッセージを投影《とうえい》する。

「え？　猫の幽霊《ゆうれい》はその後どうなったか？」

生命維持槽の中でこくこくうなずく。

ファンメイはうーん、と首を傾《かし》げ、ぽんっと手を叩《たた》いて、

「偉《えら》い神父さんが来て、退治されちゃったのよ。……たぶん」

たぶん？　と首を傾げる。

ファンメイは自信満々に、うん、とうなずき、

「本には書いてなかったけど……でもきっとそうなの。前に見た戦前の映画とかでも、大抵《たいてい》はそういうオチになってたし」


それじゃ、と手を振って、少女は今日も元気よく帰っていった。

脳内の操作で操縦室の扉《とびら》を閉じ、エドは小さく一つ息を吐《は》いた。

部屋の照明が夜間モードに切り替《か》わり、小さなライトを一つ残して全ての明かりが消える。

生命維持槽の放つ淡《あわ》い光が闇《やみ》を照らし、操縦室の姿を浮かび上《あ》がらせる。

自分が浮かぶ生命維持槽と、外周に置かれた数台の端末《たんまつ》以外に何もない、がらんどうの空間。

ガラス筒の内側に映り込む幼い顔を、じっと見つめる。

夜は苦手だ。

静寂《せいじゃく》の中に一人きりでいると、天井に淀《よど》んだ闇が降ってきて自分の小さな体を押しつぶしていく気がする。

二ヶ月前、エドは大変な事件を起こした。大戦前に作られた危険なシステムを稼働《かどう》させ、この世界そのものを滅《ほろ》ぼしかけた。それはもちろんエドの意志ではなかったし、知らなかったとやどうにもならなかったこともたくさんあったけれど、それでも、エドが余計なことをしたために、数え切れない人々が危《あや》うく命を落としかけ、そのほとんどが住む場所を失った。

『世界樹』と呼ばれるそのシステムを制御《せいぎょ》するために、エドはこの場所でシステムと自分の脳を接続し、自分自身が制御系の一部となる道を選んだ。

それでも、自分がやったことは消えない。

こうやって一人で過ごしていると、ときどき、苦しくて仕方が無くなる。

……だめ……

羊水の中でぶんぶんと首を振り、暗い考えを頭から追い出す。そういうことを一人で悩《なや》んでいてはいけない、悲しくなったら自分に話せと、ファンメイにきつく言われている。

何とか気分を変えようと、今日聞かせてもらった話を思い出す。

……ゆう……れい……

昼間に聞いたときはものすごく怖かったのだが、こうして改めて考えてみると怖いと言うより不思議だなあという気がする。死んだ猫が死んだ後も現れて、自分を殺した人たちに仕返しする。ファンメイによると、『生き物には魂《たましい》という物が宿っていて、それが体を動かしている』というのは二十一世紀の終わり頃《ころ》ぐらいまでかなりの人が信じていて、肉体が死んだ後も魂だけが動いている物を幽霊と呼んだらしい。

エドには、良く分からない。

自分がいつも使っている『ゴースト』みたいな物かな、と最初は思ったけど、よくよく聞いてみるとどうも違《ちが》う気がする。

エド自身やファンメイを含《ふく》めて、この世界には魔法士《まほうし》と呼ばれる人たちがいる。頭の中にI—ブレインという特殊《とくしゅ》な脳を持ち、物質の存在情報を書《か》き換《か》えることで色々な現象を起こす人たち。その中でもエドは『人形使い』というタイプに属していて、ゴーストハックという能力を持っている。

頭の中で仮想的な生物の情報を構築し、それを物質に送り込むことで無生物を生物化して操《あやつ》る能力。

自分では良く分からないがエドはかなり強い部類の人形使いらしく、千体ぐらいのゴーストなら同時に生み出して別々に動かすことができる。

が、ファンメイが話してくれた「猫の幽霊」は、どうもそのゴーストとは別物らしい。エドのゴーストは別に死んだ生き物から取り出すわけではないし、そもそも、誰の命令も聞かずに勝手に動くゴーストなど危なくて使えない。

……おはなし……

そこまでいろいろ考えて、そもそもあれはただのお話だと思い出す。そうだ。あれは幽霊の存在を信じていた昔の人が考えたお話。いや、ひょっとするとあの話を考えた人だって、本当は幽霊なんか信じていなかったかも知れない。

……ファンメイは……

少し考えて、ファンメイもきっと信じていないだろうと気付く。もし信じていたら、あんなふうに笑いながら話せるわけがない。

全部、作り物のお話。

そう考えるとなんだか安心する。エドはほぅっと息を吐き、そろそろ眠ろうと目を閉じ、

――どこかで、にゃあ、と鳴き声が聞こえた。

薄桃色の羊水が、ざわっと揺《ゆ》れた。

エドは生命維持《いじ》層の中で身をすくめ、ガラス筒の向こうの闇におそるおそる目をこらした。

I―ブレインの知覚が、周囲の状況《じょうきょう》を伝える。直径十メートルの円形の操縦室。動く物といえば自分がいるこの生命維持槽と、外周に設置された幾つかの端末と、

……ちがう……

見覚えのない存在情報を部屋の隅に見つけ、危うく声を上げそうになる。室内の他の物ほど強固な情報ではない、稀薄《きはく》で、ゆらゆらと幻《まぼろし》みたいに消えたり現れたりして、それでも確かに

存在する『何か』。

……ゆう……れい……？

自分で考えてしまったその言葉に、体が震える。羊水の中でぶんぶんと頭を振り、おかしな考えを頭から追い出す。そう、あれはただのお話。ここは自分が良く知っている船の操縦室で、部屋の入り口も完全にロックされてるから自分が許可しない限り虫一匹だって入って来れないはずで、おまけにこの船の外は地上からの高度一万五千メートルの空間で、風が強くて空気が薄《うす》くてものすごく寒くて、普通《ふつう》の生き物がこんな場所まで来られるはずがなくて、だから――

喉《のど》が、こくん、と音を立てる。

不思議な存在情報が、ゆっくりと生命維持槽に近づいてくる。

とっさにI―ブレインを戦闘《せんとう》起動。脳内で生成したゴーストを周囲の床《ゆか》にばらまいたところで、そもそもそんな攻撃《こうげき》は幽霊には効かないんじゃないかということに気付く。

どうしよう、と思う間もなく正体不明の存在情報は部屋を移動し、せっかく張《は》り巡《めぐ》らせたゴーストの防御《ぼうぎょ》を全てすり抜《ぬ》けて生命維持槽の前。

エドは思わず目を閉じ、その目をこわごわと開け、

「……ぁ」

今度こそ、声を上げた。

白い毛並みの、小さな猫が、目の前に浮かんでいた。

猫は何もない空中を階段みたいにとてとて歩き、生命維持槽の蓋の上に飛び乗った。

エドはどうしたら良《い》いのか分からなくなって、ガラス筒の中で視線をさまよわせた。

慌てていてもしょうがないとしばらくして気付き、羊水を大きく吸い込んで深呼吸する。慌てた時は深呼吸、と前にファンメイに教わったことがある。ゆっくり三回息をして気持ちを落ち着け、とりあえず頭の中でスイッチを押す。I―ブレインから操縦室のシステムに命令を送り、天井のカメラと視覚を接続する。

カメラ越《ご》しでも猫の姿が見えるのに、とりあえず驚《おどろ》く。

猫は生命維持槽の上にお上品に座って、自分の前足をぺろぺろ舐《な》めている。

こうして改めて見るとずいぶん小さいから、まだ子供の猫なのかも知れない。短い毛は見事なまでに真っ白で、長いしっぽがくるりとカールを巻いている。しっぽの先にはピンクのリボンが蝶結《ちょうむす》びになっていて、同じ色のリボンが首輪の前にも付けられている。

首輪の鈴《すず》が、りん、と音を立てる。

ふぁ、と子猫が上品にあくびする。

生命維持槽の蓋にゴーストを送り込み、小さな腕《うで》を生成する。できあがった腕をゆっくりと伸ばし、子猫の方に近づけていく。

ぴくっ、と子猫が顔を上げる。

闇の中、瞳孔《どうこう》を大きく開いて、子猫は周囲に視線を巡らせる。

寸前のところで腕を操るゴーストに命令を送り、彫像《ちょうぞう》みたいにその動きを硬直《こうちょく》させる。が、猫はなんだか不審《ふしん》そうに腕を見上げたまま、ぴくりとも動かなくなる。長いしっぽがピンと天井を向く。真っ白なその毛並みが、興奮したみたいに逆立っていく。

そのまま十数秒。とうとう根負けして、ゴーストの指を猫の前に差し出す。

猫は一瞬《いっしゅん》びくっと身を震わせ、おそるおそるというふうに鉄の腕に近寄り、ふんふんと何度も匂《にお》いを嗅《か》いで、前足ほどもある指をちろっと舐める。

鉄の腕に物理的なフィードバックは無く、子猫が物質として存在していないのがはっきりと分かる。が、純粋《じゅんすい》な情報としては、確かに「指を舐められている」感触《かんしょく》がある。ますます不思議に思うと共に、怖さが薄らいでいく。もう一本別な腕を作り、子猫の背中に手を置く。

と、ふいに子猫が立ち上がる。

ぴょん、と鉄の腕を蹴《け》った猫は、分厚い蓋を素通《すどお》りして生命維持槽の中に飛び込んで来る。考えるよりも先に手を伸ばし、子猫の小さな体を受け止める。伸ばしてすぐに意味がないかもしれないと気付くが、子猫はエドの両手の中にきれいに着地する。ほぅ、と安堵《あんど》の息を吐き、子猫の顔をまっすぐに見下ろす。子猫はこっちの姿がきちんと見えているらしく、上目遣《うわめづか》いで品よく首を傾げる。

逃げられないかとどきどきしながら、子猫の背中をそっと撫《な》でる。

手のひらに触《ふ》れる感触は何も無いが、触れられているのは分かるらしく、子猫は気持ちよさそうに目を細める。

……ねこの、ゆうれい……

不思議だし、理屈《りくつ》にも合わないが、そう考えると納得《なっとく》いくのでとにかくそういうことにする。子猫はエドの手の中が気に入ったらしく、しっぽを丸めてごろごろと喉を鳴らす。

羊水の中に浮かんでいるのに白い毛並みは濡《ぬ》れた様子もなく、ますます幽霊っぽい。

ファンメイのお話に出てくるのと全然違う。なんだか楽しくなり、エドは子猫の喉を指先でくすぐる。猫はとうとうお腹《なか》を見せて、手の中でうにゃうにゃと転がる。

それをにっこり見つめ、エドは、ふと眉間《みけん》に皺《しわ》を寄せる。

……どうしよう……

例えばこれが「猫の幽霊に襲われた」ということなら逃げるとか戦うとかいろいろとやることがあると思うのだが、いきなり懐《なつ》かれたとなるとどうすればいいのか見当が付かない。

ファンメイに相談すれば、と思いつき、すぐに昼間の少女の言葉を思い出す。

——猫の幽霊はその後どうなったか？——

——偉い神父さんが来て、退治されちゃったのよ——

ぶんぶんと首を振り、最初の案を否定する。ファンメイに相談するのは無し。本当に神父さんが幽霊退治できるのかなんて分からないけど、とにかく危なそうなのでその案は無し。他に相談できそうなのは自分とファンメイの保護者である科学者の『先生』だが、あの人に見せると面白がっていろんな実験をされてしまいそうで、それはそれで心配だ。

……ほかには……

考えてみても何も思いつかない。そもそも、エドには頼《たよ》れる人がほとんどいない。こんな時に助けてくれそうな少年がいることはいるのだが、エドが一番頼りにしているその人は二ヶ月前にロンドンを離《はな》れた後、世界中を飛び回っているらしい。

ますます困ってしまい、子猫の顔をじっと見つめる。

と、小さな猫は起きあがり、軽《かろ》やかな動作でエドの手のひらから飛び降りる。

生命維持槽の中程《なかほど》、羊水の中に浮かぶエドの足下辺りに音もなく『着地』し、こっちの足に頬をすり寄せる仕草を見せる。そのまま足の周りをぐるぐると歩き回り、にゃっ、と声を上げて足場のない羊水の中を走り出す。

円筒形のガラスを素通りして操縦室の床に着地し、こっちを振り返ってお座りする。

冷たいタイルに覆《おお》われた生命維持槽の前の床を、かりかり、かりかりと掘《ほ》る真似《まね》をする。

……ゆかのした？……

I―ブレインから情報を取り込んでみるが、その下には構造材が敷《し》き詰められているだけで何もない。首を傾げていると、猫は困ったように、みゅー、と鳴き声を上げる。起きあがってこっちに背を向け、なんだかとぼとぼとした足取りで部屋の隅に歩き出す。

小さな体が急に視界から薄れ、闇の中に溶《と》けるように消える。

エドはその姿を呆然《ぼうぜん》と見送り、はたと我に返って、真っ暗な部屋をぐるぐると見回した。

＊

結局、ほとんど眠れないまま、夜が明けた。

朝ご飯を食べ終えるなり駆けつけたファンメイの前で、エドは大きなあくびをした。

「珍《めずら》しいね。エドってば夜更《よふ》かしさん？」

にこにこと問う少女にぼんやりうなずくと、ファンメイは「そっか」と笑う。肩《かた》に掛《か》けた大きなカバンを満面の笑みでひっくり返し、中身を残らず掻き出《だ》して、

「というわけで！　今日は昨日の予告通り、もっともっと、もーっと怖い本をいっぱい持ってきたの！」

床の上に積み上がった本を前に、ふふーんとなぜだか偉そうに胸を張る。一番上の一冊を取り上げ、真ん中あたりを開いたところでその手を止め、

「エド、大丈夫？」

心配そうにこっちを見上げるファンメイに「……え……？」と曖昧《あいまい》に答える。寝不足《ねぶそく》になることなんてめったにないから、なんだか頭が上手《うま》く働かない。

少女はうーん、と首を傾げ、立ち上がってガラス筒に歩み寄り、

「ほんとにすっごい眠そう。……怖い夢でも見た？」

そうかもしれない、と思い、こくんとうなずく。昨日の不思議な出来事と『夢』という言葉を頭の中で並べ、自然と納得する。

そう。あれは、きっと夢。

少女に聞かされた猫の怪談《かいだん》があんまり怖かったから、ちょっとおかしな夢を見ただけだ。

「そっかー……」ファンメイはうーんと首を捻《ひね》り「じゃあ、今日は本を読むのはやめてお昼寝《ひるね》の日にする？」

それもいいかも知れない。エドはもう一度あくびをし、少女の言葉にうなずきかけ、

——どこからか、にゃあ、と猫の鳴き声が聞こえた。


「……何、今の」

怪訝《けげん》な顔で、ファンメイが部屋の隅を振り返る。端末が並んだ暗がりをじっと見つめ、ん？と首を傾げてこっちに向き直る。

「ねえ、エド。聞こえたよね？　今、猫……」

少女の問いに我に返り、大慌《おおあわ》てでぶんぶんと首を横に振る。声が聞こえた方向のスピーカー

を操作して適当なノイズ音を鳴らし、天井のスクリーンにメッセージを表示して、やっぱり本を読んで欲《ほ》しいと身振《みぶ》りも交えてせがむ。

　ファンメイは、うにゃ？　と首を捻り、

「……ま、いっか」釈然《しゃくぜん》としない顔でとりあえずうなずき、生命維持槽の前に座り込んで
「じゃ、今日最初の本ね。これはほんとにすごいの。お勧《すす》めなんだから」

一抱《ひとかか》えもある本を膝に広げて、大きな声で読み始める。エドは心の中で安堵の息を吐き、次の瞬間《しゅんかん》、その目を見開く。

　熱心に本を朗読するファンメイのすぐ上、ちょうど少女が立ち上がったら頭がぶつかるあたりを、とことこ歩く白い子猫。

　昼間照明の淡い光の中、子猫はそこに透明な床でもあるように、当たり前な顔で少女の頭の上をうろうろする。

「ん？　エド、どうかした？」

　ページを繰《く》る手を止めて、ファンメイが顔を上げる。慌てて何でもないと首を振るが、すでに手遅《ておく》れ。こっちの視線の動きから何かを察したらしい少女は、うにゃ？　と首を傾げて自分の頭の上を見上げ、

「……あれ……？」何も変わったところのない空間を不思議そうに見つめ、こっちに顔を向けて「頭の上、何かなかった？」

何でもない何でもないとぶんぶん首を振り、両手をさりげなく後ろに回す。I―ブレインの知覚が、手のひらの上に丸まって、ふぁ、とあくびする子猫の姿を伝える。

見つかる寸前で生命維持槽の蓋に飛び移り、昨日と同じように手の中に飛び込んできた子猫。立体映像みたいなその体を両手で包み、ついでに意味がないかもと思いつつ、鳴き声が漏《も》れないように口のあたりを指で塞《ふさ》ぐ。

「そーかなー……」ファンメイは首を傾げ「じゃあ……続き読むけど、いいよね？」

勢いよくうなずくと、少女はもう一度「うーん」と首を捻って本に視線を戻《もど》す。低く抑《おさ》えたおどろおどろしい声で、物語の続きが始まる。今日のお話は山奥《やまおく》のキャンプ場で起こる殺人事件。昨日の百倍は怖い話のはずなのだが、背中に隠した猫が気になってエドはそれどころではない。

両手で押さえられているのが気に入らないのか、子猫がぐるぐると喉を鳴らす。

「ん？　何か言った？」

「……ぇ……」

少女の問いにぶんぶんと首を振り、エドは羊水の中で冷《ひ》や汗《あせ》をかいた。

明日はこんなもんじゃないんだからと言い残して、ファンメイは今日も元気に帰っていった。

操縦室の扉が完全に閉じたのを確認《かくにん》し、エドは、ほぅ、と息を吐いた。

背中に回したままの両手を、こわごわと前に回す。右手のひらの上に白い子猫の姿を認め、自然と口元がほころぶのを感じる。

ようやく解放されたのに気付いたのか、子猫が顔を上げて、みゅー、と鳴く。

不当に拘束《こうそく》されていたのを抗議《こうぎ》しているつもりなのか、子猫はエドの人差し指を前足でつかみ、小さな口にくわえてがじがじと齧《かじ》る。

実体の無い猫にかまれても感触はないのだが、何だか申し訳なくなってもう片方の手で背中を撫でる。子猫はすぐに機嫌《きげん》を直し、手のひらの上で仰向《あおむ》けになって甘えた声を上げる。

柔《やわ》らかそうなそのお腹を指で撫で、うにゃうにゃと喜ぶ子猫の姿に小さく笑う。

……やっぱり、ゆうれい……

夢じゃなかった、と心の中でうなずき、子猫を両手で包んで目の前に掲《かか》げる。ほおひげが当たるぐらいまで顔を寄せ、茶色の瞳を覗き込む。

子猫は手のひらの上できちんと座り直し、しっぽをくるりと丸めてお上品に首を傾げる。

しばらく、無言で子猫と見つめ合う。

……ゆうれいねこの、ペット……

頭に浮かんだその言葉に、すぐに自分で困ってしまう。データベースで調べれば猫の飼い方は分かるだろうが、「猫の幽霊の飼い方」まで載《の》っているとは思えない。そもそもこれが飼って良いものなのかも分からないし、なによりもまず、具体的にどうすれば「飼った」ことになるのかが分からない。

どうしようかと考えていると、急に、子猫が手の中から飛び降りる。

昨日と同じようにエドの足の周りをくるくると回り、生命維持槽から飛び出して床を掘る仕草をする。

……どう……したの……？

脳内で生成したゴーストを床伝いに動かし、子猫が掘っているあたりのタイルを生物化する。

床に丸く穴を開け、天井のカメラを動かして中の様子を頭の中に映す。

暗い穴の中に見えるのは、チタン合金の構造材と、配線のケーブルだけ。

子猫が、困ったように、みゅー、と声を上げる。

小さなその体が唐突《とうとつ》に翻り、部屋の隅に向かって駆け出す。

「……ぁ……」

昨日と同じように、白い子猫の姿が闇に溶けて消える。

エドはそれを見送り、うーん、と首を捻った。

次の日も、その次の日も、子猫の幽霊は毎日のようにエドの前に現れた。

押さえつけられるのがよっぽど苦しかったのか、ファンメイがいる時間に現れたのはその一日だけで、翌日からは最初の日と同じように夜が更《ふ》けてからやって来るようになった。

子猫は決まって、にゃあ、という鳴き声と共に現れ、部屋の真ん中を横切って生命維持槽の蓋から中に飛び込んできた。子猫はエドの手の中がお気に入りらしく、背中を撫でてあげるとうにゃうにゃと喜んでお腹を見せた。ひとしきり撫でられて満足すると子猫は手から飛び降り、部屋の床を掘る真似をした。子猫が示す床の場所はいつもバラバラで、どの場所に穴を開けてもおかしな物は見つけられなかった。

それでも子猫は毎日やって来た。

やって来て、毎日のように、床を掘る真似をして見せた。

エドはいつしか、子猫のことについてあれこれと想像を巡らすようになった。幽霊ということは、本当の子猫はもう死んでしまったんだろうか。じゃあ、その子猫はどんなふうに生きたんだろうか。どうして死んだ後もうろうろしているんだろうか。どうして毎日自分のところに来るんだろうか。やっぱり、自分に何かして欲しいことがあるんじゃないだろうか。

——幽霊なら、いつかは消えてしまうんだろうか。

そんなことを考えている間にも時間は瞬《また》く間《ま》に過ぎていった。最初のうちは毎晩どこかへ帰っていた猫も、日を追うごとに部屋の真ん中で眠るようになり生命維持槽の中で眠るようになり、最後にはエドの手の中で眠るようになった。明け方には決まって姿が消えていたからエドが寝ている隙《すき》にどこかに帰っているのは間違《まちが》いなかったが、手のひらの上で丸くなった子猫は本当に眠りこけているらしく、喉やお腹を撫でてやると目を閉じたまま、うにゃうにゃ、と寝《ね》言《ごと》のような鳴き声を上げた。

　エドはだんだん、夜が来るのが楽しみになっていった。

　そんなふうにして、十日が過ぎた。

＊

　エドの様子がおかしい。

　ファンメイがそれを確信したのは、今日の昼間のことだった。

　兆候は前からあった。エドが夜更かしすることなんてこれまで一度もなかったし、昼間に眠そうにしているのなんて見たことがなかった。それがどういうわけか元気がなくなり、あくびが増え、ときどき慌てたりきょろきょろしたりと不審な行動を取るようになり、今日はとうとう、本を読んでいる最中に眠りこけてしまった。

　大丈夫？　と呼びかけるファンメイに、目を覚ましたエドはごめんなさいと頭を下げた。

　そんなに寝不足になるまで何をしているのかと問うても、別に何も、としか答えない少年の態度に、ファンメイの不審は頂点に達した。

　これは何か裏がある。本を読んで欲しいと最初に頼《たの》んだのはエド自身だし、今でもファンメイが持ってくる本を楽しみにしているのは態度を見れば分かる。あの子の性格からして昼間に自分が来ると分かっていればそれに合わせて体調を整えるはずだし、実際、今まではずっとそうしてきた。

そもそも、あの寂《さび》しい部屋で、夜に一人で何をやることがあるのか。

何としても、調べなければならなかった。

脳内時計が午前二時を告げる。本当ならエドもファンメイ自身もとっくに寝ている時間。さすがに眠くて、エレベータの中で大あくびをする。エドがいる船の操縦室は地上からの高度一万五千メートル。移動には世界樹の幹を一部分くりぬいて作られた、この専用のエレベータを利用しなければならない。

『──最上階に到着《とうちゃく》』

アナウンスと共にエレベータのドアが開き、先に続く廊下《ろうか》に明かりが灯《とも》る。足音を殺してエレベータを降り、緩《ゆる》やかな上り坂の廊下を進んでいく。

突《つ》き当《あ》たりのドアの前で深呼吸。

内緒《ないしょ》でくすねてきたカード型の鍵《かぎ》でセキュリティを無効にし、両手に力を込《こ》めてスライド式のドアをちょっとだけ開く。

針一本分くらいの細い隙間《すきま》から、そうっと中を覗き込み、

……何……あれ……

部屋の向こう、生命維持槽の前に、ぼんやりと浮かぶ白い影《かげ》を認める。闇の中に目をこらし、

白い影が何もない空間に浮かんでいるのに気付く。何かの立体映像かと最初に思い、すぐに、この部屋にはそんな設備がないのを思い出す。

白い影が闇の中を悠然《ゆうぜん》と歩き、生命維持槽の蓋の上に飛び乗る。

小さなその姿が、スチールの蓋を素通りしてガラス筒の羊水の中に飛び込む。

エドが嬉《うれ》しそうに両手を広げ、白い影を両手で受け止める。白い影が手のひらの上に着地し、にゃあ、と鳴き声を上げる。と、その頭が何の前触《まえぶ》れも無くこっちを振り返る。らんらんと光る目がファンメイを見据《みす》える。闇の中で、遠くてよく見えないけど、あれは、

――猫の、幽霊――！

心臓が、ぎゅーっと縮み上がった。

ファンメイは扉の前でぐるんと回れ右し、両手で口を押さえて転げるように駆け出した。

＊

手のひらの上の子猫が、闇の向こうの扉をじっと見つめた。

エドは首を傾げ、小さなその横顔を覗き込んだ。

……どうしたの……？

視線でそう問いかけると、子猫はくるりとこっちに向き直る。うにゃ、と小さな声を上げ、

手のひらから飛び降りる。

いつもなら丸くなったりお腹を見せたりするはずなのに、今日はその様子がない。

よく見れば、ほおひげにもしっぽにも、なんだか元気がない。

……つかれてる……？

幽霊でも疲《つか》れることがあるんだろうか、とふと首を傾げる。何とか元気づけようと、羊水の中を泳いで子猫の前に身をかがめる。お腹のあたりをこちょこちょ撫でたり、噛《か》みやすいように人差し指を目の前に差し出したりしてみる。

それでも反応がない。

だんだん、心配になってくる。

「……ねこ……」

だいじょうぶ？　と口の中で呟《つぶや》く。子猫はなんだかとぼとぼした足取りでエドの周りを一周し、生命維持槽の外に出る。

かりかり、かりかりと、何かにとりつかれたようにタイル貼《ば》りの床をかく。

いつものように脳内でゴーストを生成し、子猫が掘ろうとしているあたりに穴を開ける。中に何もないのを確認する間もなく、子猫は次の場所に移動してまたかりかりと床をひっかき始める。いつもなら最初の穴を覗いたらそれで帰ってしまうのに、今日は諦《あきら》める気配がない。二つ目の穴もダメなら三つ目の穴。三つ目もダメならまた次の場所。かりかり、かりかりと、子猫が床をかく音だけが静寂の中に響《ひび》く。

十個目、二十個目、三十個目の穴——

広い操縦室の床という床を掘り尽《つ》くし、とうとうどこにも穴を開ける場所が無くなったところで、子猫がようやく動きを止める。

最後の穴の縁《ふち》から顔を突き出して中を覗き込み、なんだか悲しそうに、みゅー、と鳴く。

その姿がなんだか少し薄くなった気がして、エドは指で目をこする。

……ねこ……？

床から生み出した小さな腕で、子猫の背中をそっと撫でる。子猫はその手に弱々しく頬をすり寄せ、力無く立ち上がってこっちに背を向ける。

駆け出すその体が闇に溶け、視界から消える。

エドは何も出来ずに、その背中を呆然と見送った。

＊

「猫の幽霊？」

研究室の白い天井に、タバコの煙《けむり》が淀んだ。

ようやく朝を迎《むか》えたばかりのシティ・ロンドン二十階層、研究棟《とう》。スチールの椅子《いす》に前後逆さまに座り、ファンメイは「うん」と曖昧にうなずいた。

「こう、ぼやっとして、何にも無いところに浮かんでて……。でもって、そいつが生命維持槽の蓋を素通りして中に入って、エドがそれをこう抱《だ》っこして」

「なるほど……」

ファンメイの言葉に難しい顔で答え、男は眼鏡越しの目を閉じる。リチャード・ペンウッド。シティ・ロンドン情報制御理論研究課、生化学部門の主任であり、ファンメイとエドの保護者になってくれている人物だ。

「それで、幽霊、か」

「そう、思ったんだけど……」

リチャードの言葉に力無く答える。自分で話しておきながら、自分に自信がなくなってくる。

「ねぇ……先生」

「ともかく、話は分かった」

タバコの煙が、ぷかりと輪っかを作る。

何も言わないリチャードの前で、ファンメイは息を吐き、

「……やっぱり、信じられない、よね」

「何を言う。たかが幽霊、珍しくもない」

「そーだよね。いくら先生でも、幽霊なんて信じて……」

言いかけて、ファンメイは、え？　と顔を上げる。

「無いの？　珍しく」

「無いとも」リチャードはあっさりうなずき「と言っても学術的資料として、という意味で、自然界で通常の状態で観測されることは稀《まれ》だがな。公式に存在が確認された一番最近の例は二一八八年の六月。確かシティ・ベルリンの辺りで、軍の調査団の名義で学会に正式な報告も提出されている」

「報告って……でも、幽霊だよ？」

「では聞くが、幽霊とはなんだ？」

「え……それは、こう、死んだ人とか動物とかの魂が、恨《うら》みを持って死んだ後に化けて出て……」話すうちにどんどん声が小さくなっていき「……じゃない、んだよね……？」

リチャードは、うむ、とうなずき、

「と言っても、情報制御理論が誕生するまではその程度の認識《にんしき》が限界だったがな」ぷかりとタバコの煙を吐き、椅子の上で足を組《く》み替え「単純に言えば、物質側の拘束が無い状態で、何らかの理由で残存してしまった生物の存在情報だ」

「残存した、存在情報？」

「そうだ。通常、生物が死ぬとその存在情報は自然に拡散し、数分と保たずに消滅《しょうめつ》してしまう。物質と情報は相互《そうご》に参照しあい、どちらかが崩《くず》れれば対応するもう一方も崩壊《ほうかい》するというのが情報制御理論の大原則だからな」リチャードは椅子から少し身を乗り出し「だが、自然界ではごく稀に、この原則に反する現象が発生する。生物の肉体が『死ぬ』際にその存在情報の一部が周囲の物質に固定され、その物質が論理回路の役目を果たすことで肉体が消滅した後も情報が保存されてしまう事例だ」

「物質に情報が保存……」ファンメイは考え、はたと気付いて「生き物の情報が近くにある物を『自分の体だ』って勘違《かんちが》いして、取り憑《つ》いちゃうってことだよね……。それって、エドが腕とか操ったりするやつと一緒ってこと？」

「正しくは、紀元前から認識されていた『幽霊』という自然現象を情報制御理論に基《もと》づいて解《かい》析《せき》し、洗練された形で人工的に再現したものが人形使いのゴーストハックだ」リチャードは吸い終わったタバコを灰皿に押し付け「人形使いの操るゴーストが無生物を強制的に生物化させるほどの力を有しているのに対し、自然発生する幽霊がせいぜい幻を見せるのが関の山なのは、情報構造体としての強度に絶対的な差があるからなわけだが……いずれの場合でも重要なのは、ゴーストが存在し続けるには、その存在を固定する物質が必要になる、という点だ」

新しいタバコを取り出して火を付けるのもそこそこにくわえ、

「多くのケースでいわゆる『幽霊』が生前の『遺品』や生前に愛着があった『場所』で観測される理由がこれで説明される。幽霊の元になった人間の所有物が論理回路の役目を果たしている場合が前者、元の人間がよく居た場所に存在する土なり建物なりが論理回路として機能している場合が後者だ。仮にお前さんが見たのが本物の『猫の幽霊』だとすると、どこかにその存在を固定する物質が必要になる」

「物質って……」ファンメイは少し考え、顔をしかめて「えっと……猫の死体、とか……」

「吹雪《ふぶき》の下で凍結《とうけつ》していた、とでもなれば長期間にわたって論理回路の役目を果たせるが、やはり少し弱いな」リチャードはタバコを指に挟《はさ》んで目の前でくるくる回し「猫の死体が地上のどこかにあるとして、エドがいるのは高度一万五千メートルの密閉空間の中だ。そこまで情報を届けるのは並大抵《なみたいてい》のことではない。お前さんも、その辺の事情は分かるだろう」

「そっか……そーだよね」

情報という物は、物質の中を通過させると自然に拡散してしまう。正確に言うと、情報の海の中で『別な存在』と接触《せっしょく》することによって相手が持っている情報を少しずつ取り込み、最終的には完全に混ざり合って、本来持っていたはずの情報を失ってしまう。

だから、長い距離を隔《へだ》てて情報を送り込むには、専用の回線や、それ相応の文法《プロトコル》が必要になる。

猫の幽霊に、そんなものが扱《あつか》えるとは思えない。

「なにか仕掛《しか》けがある……ってこと？」

「調べてみないと何とも言えんが……いずれにしても、エドには早く説明しておいた方が良い」リチャードは煙の淀んだ天井を見上げ「その猫の幽霊は遠からず消滅するはずだからな。

心の準備はしておいた方がいいだろう」

え？　と声を上げる。

リチャードは「当然だろう」と煙を吐き、

「人形使いが操る『完璧《かんぺき》なゴースト』でさえ、何らかの演算装置で構造を維持しなければ十秒足らずで拡散してしまうんだぞ？　たとえどんな偶然《ぐうぜん》が重なったとしても、自然発生したノイズだらけのゴーストがいつまでも構造を維持していられると思うか？」

「あ……」

息を呑《の》む。

リチャードは二本目のタバコを灰皿ですり潰《つぶ》し、

「そういうことだ」壁のハンガーから外套《がいとう》を取り「いくぞ。時間切れでなければいいが――」

言いかけたその声を遮《さえぎ》って、天井のスピーカーから警告音が響いた。

世界樹の制御中枢――エドが暮らす、その部屋からだった。

＊

弱々しい鳴き声が、どこからか聞こえた気がした。

エドは、はっ、と目を開け、生命維持槽のガラス越しに部屋を見回した。

いつの間にか眠ってしまっていたらしく、天井の照明は少しだけ明るい昼時間の物に切り替わっていた。ライトの明かりが届かない部屋の隅には淀んだような闇が横たわり、動く物一つ無い空間には生命維持槽の放つほのかな電子音だけが低く響いていた。

ガラス筒の内側に両手をついて、目をこらした。

生命維持槽のほのかな明かりに照らされた、淡い闇の中。

幻のように宙に浮かぶ白い子猫の姿を認め、わけもなく息を吐いた。

「……ねこ……」

ファンメイが来たら大変——そんな思考が一瞬だけ頭に浮かび、すぐに子猫の様子がおかしいのに気付く。昨日よりもさらに弱々しい足取りで、子猫は何もない空中を、こっちに向かって歩いてくる。

一歩、また一歩と、茨の上でも歩くように。

子猫は、みゅー、と苦しそうに鳴きながら、少しずつこっちに歩いてくる。

生命維持槽の中で両手を広げ、早くおいでと手招きする。昨日見たのより明らかに薄らいだその姿に、不吉《ふきつ》な物を感じる。子猫の無事を確かめたくて、早く早くと心の中で呟く。

子猫が顔を上げ、こっちを見つめる。

お上品に首を傾げて、にゃっ、としっぽを立てる。

生命維持槽まであと三十センチ、その位置で子猫が立ち止まる。エドはにっこり笑い、上手く猫を受け止められるように両手を胸の前で構える。

白い子猫はうなずくようにほおひげを揺らし、後ろ足で見えない床を蹴り、

「……ぁ……」

その体が、力を失ったように、落ちた。

冷たい床の上に音もなく跳ねて、子猫は動かなくなった。

頭の中が、真っ白になった。

エドは生命維持槽の内側を両手で叩き、自分でも良く分からない声で何かを叫んだ。

ガラス越しに見つめる光景が、ぐにゃりと歪《ゆが》んで捻《ねじ》れたような錯覚《さっかく》を覚える。生命維持槽の放つほのかな明かりの中、白い子猫はタイル貼りの床に横たわって死んだみたいに動かない。

脳内で幾つもゴーストを生成し、子猫の周囲に次々に腕を生み出す。

なんとか子猫を元気づけようと、腕に命じて背中を撫で、お腹をくすぐり、前足を揺さぶる。

伸ばした腕がことごとく空を切り、立体映像みたいな子猫の体を素通りする。実際に触れる感触がないのはもちろん、いつもなら存在するはずの『情報が接触する感触』すら感じられない。全身から血の気が引いていく。痛みを無視して手のひらでガラス筒を叩き、何度も声を張り上げ、

「――落ち着け」

唐突に、声。

薄明かりの視界にさっと影が差す。

「……ぁ……」

強張《こわば》った顔で子猫の傍《かたわ》らに立つ、リチャードの姿。

白衣の男はタイル貼りの床に膝をつき、カバンから取り出した計器を子猫の周囲に並べ、

「ゴーストを引き上げてくれ。そいつがノイズになると計測が上手くいかん」

ポケットから取り出した携帯端末《けいたいたんまつ》に視線を落としたまま、鋭《するど》い声でリチャードが言う。エドは我に返って目を瞬《しばたた》かせ、慌ててうなずく。

I──ブレインからゴーストに命令。子猫の周囲の腕が一つ残らず床に巻《ま》き戻る。

リチャードは携帯端末を計器と接続し、タッチパネルに指を滑《すべ》らせる。

「先生！　どうなの？　その子どうしたの？」

そんなリチャードの肩越《かたご》しに、ファンメイが端末のディスプレイを覗き込む。

リチャードは難しい顔で首を振り、端末を床に置いて立ち上がり、

「……すでに情報の拡散が始まっている。止められん」

何のことか分からない。目を丸くしていると、ファンメイがこっちに歩み寄ってくる。少女は沈痛《ちんつう》な面持《おもも》ちで「あのね」と前置きし、子猫の幽霊の正体と、今置かれている状況を手短に説明する。

そんな、と息を吞む。

少女の言葉を裏付けるように、子猫の姿が少しずつ薄らいでいく。

「それにしても、信じられん。この状態でよく存在を維持していられるものだ」リチャードは眉間に皺を寄せ「理論値はとっくに超えているはずだが……あるいは、何らかの目的があるのか？　その行動原理が情報構造体の強度を支えているとすれば……」

白衣の男の呟きに、頭の中にかろうじて残ったまともな部分が反応する。

子猫の目的。

最初にこの部屋に現れた時から、子猫はずっと、床を掘る仕草を見せていた。

あれは……

「床の下？」そのことをガラス越しに話すと、リチャードはあごに手を当て「……いや、この部屋の床下《ゆかした》は違う。この猫の本体……おそらくは死体のある場所の下か」

男の手が素早《すばや》く端末のキーを叩き、ディスプレイに幾つもの表示窓が映し出される。膨大《ぼうだい》な量の数値データが画面を埋め尽くし、その中の一つに、白黒の線で描《えが》かれた巨大な樹の画像が浮かび上がる。

高度二万メートルに達する巨大な生体コンピュータ、『世界樹』の模式図。

中ほどに光る赤い点——エドたちがいる場所に向かって、地上から光の線が走る。

「先生……なに？　これ」

「こいつが、手品のタネだ」ファンメイの問いにリチャードは答え「詳《くわ》しい状況は分からんが、ともかくこの猫は地上のどこかで死んだ。死体の傍には、偶然、世界樹の根の末端《まったん》があった。猫の死体に残存した存在情報は世界樹に接触し、それを未知のデータ文法《プロトコル》だと認識した世界樹は『猫の幽霊』の情報を伝達するために新たな組織を自分の内部に創造した。……そんなところだろう」

ディスプレイを流れる数値データの波が、ざっと耳障《みみざわ》りなノイズ音を残して途切《とぎ》れる。リチャードが舌打ち混じりにくわえたタバコを放り捨て、これまで以上のスピードで端末のタッチパネルに指を滑らせる。

「ど、どうしたの？　なんか危ないの？」

「残念だが、情報の消失が速すぎる」ファンメイとリチャードの会話が続く。「いくら世界樹の補助があるとはいえ、元々が不安定な自然発生のゴーストだ。これ以上は、正攻法《せいこうほう》ではトレースできん」

そんなぁ、とファンメイが泣きそうな顔をする。

子猫のことなど何も関係ないはずなのに、少女は必死の形相で白衣の男に詰め寄り、

「そんなのダメなの！　先生は先生なんだから何とかしてよ！　このままじゃ、この猫ちゃんがかわいそうなの！」

「こ、こら！　そう焦《あせ》るな」ぶんぶん首を振り回されて、リチャードはちょっと焦った声で

「正攻法では、と言っただろう。まだ手はある」

そうなの？　とファンメイが手を下ろす。

リチャードは息を吐き、白衣の襟《えり》を整え、

「いかに自然発生した物とはいえ、こいつは本質的には人形使いが操るゴーストと同じ存在だ。幸い、ここには世界で最高の人形使いがいる」眼鏡越しの目がこっちを向き「要は無生物の生物化の応用だ。この猫の存在情報をI―ブレインに取り込み、制御下に置く。時間にすればわずかだろうが、この猫の最後の願いを読み取るぐらいのことはできる」

「ちょ、ちょっと待って」とファンメイ。「わずかな時間、ってどういうこと？　っていうか、エドの能力でI―ブレインの中に情報を取り込んであげれば、この猫ちゃんの幽霊も」

「不可能だ」リチャードは首を振り「この子猫の存在情報を水の一滴《てき》とすれば、魔法士のI―ブレインが行う演算は巨大な海流のような物。猫が猫であったという情報は跡形《あとかた》もなく押し流され、カケラも残らん」

リチャードの言葉に、全身から血の気が引く。

それは、つまり。

自分が子猫の意志を読み取ろうとすれば、子猫は死んでしまうということ。

「まずいな……情報がさらに欠落した。これ以上は時間がない」リチャードは携帯端末を覗き込んで舌打ちし「急がなければ時間切れになる。……エド、準備は良いか」

いきなり名前を呼ばれて、我に返る。動かない子猫とリチャードとファンメイの顔を順番に見比べ、ぎこちなく首を横に振る。出来ない。たとえもう出来ることがなくても、自分で子猫の存在を消してしまうなんて、そんなことは……

「エド……残念だが」

「あ、あのね。気持ちは分かるけど、でも、この猫ちゃん、もう……」

リチャードとファンメイが口々に声を上げ、ふと何かに気付いた様子で背後を振り返る。二人の見つめる先、床の上で、白い子猫がゆっくりと立ち上がる。

子猫の幽霊はゆっくり、ゆっくりとタイル貼りの床を歩き、ガラス筒を素通りして、生命維持槽の中に入ってくる。

慌てて身をかがめ、幻みたいな子猫を抱き上げる。

子猫はエドの手の中で、毅然《きぜん》と立ち上がって、にゃん、とうなずく。

「――自然発生した幽霊にとって、人形使いの生み出すゴーストは最大の毒だ」

リチャードの声。

男は白衣のポケットからしおれたタバコを取り出し、火を付ける。

「自然発生したノイズだらけの霊《れい》と人形使いの脳内で生み出される最適化された霊では情報の強度が違いすぎる。ただ傍にいるだけで、自然の霊は情報構造を汚染《おせん》され、消滅に近づいていく。……それは、その猫も途中《とちゅう》で気が付いたはずだ」

ぷかり、とタバコの煙が天井の薄闇《うすやみ》に溶ける。

リチャードは明後日《あさって》の方を向き、無表情に目を細めて、

「それでも、猫は毎日お前さんのところに来た。死んだ後もやり残したことがあって、それを誰かに伝えたくて、その相手にお前さんを選んだ――その意味を考えろ」

（I―ブレイン、戦闘起動。ゴーストハックを開始）

頭の中のスイッチが、音を立てて切り替わった。

脳の神経が世界の裏側、『情報の海』に接続されるのを、エドは感じた。

子猫の幽霊はエドの手の中で、もう、ぴくりとも動かない。少し前まではおぼろげにしか感じられなかったその情報としての存在が、今ははっきりと知覚できる。

心の中で、大きく息を一つ。

子猫が最初にこの部屋を訪《おとず》れた時のことを、思い出す。

ほんの十日。短い間だったけど、とても楽しかった。子猫と一緒にいる間は、夜の暗さも一人の寂しさも忘れた。

そういえば、自分は、子猫の名前も知らない。

せっかくだから何か考えてあげれば良かったな、と少し残念に思い、エドは子猫にゆっくりと顔を寄せる。

……きみのこと、おしえて……

接続チャンネルを開放。子猫の情報構造体とI―ブレインの間にリンクを確立。流れ込む細い糸のような情報を、脳内で必死に手繰《たぐ》り寄せる。

――暖かい、小さな火のような感触。

光が、目の前に広がった。

＊

……子猫は、シティ・ロンドンに近い小さな町の、小さな飼育施設《しせつ》で生まれた。

動物実験用の『試料』を製造するための、小さな飼育施設。子猫は薬物の開発実験のテスト用素体として生み出され、生まれると同時に実験用の小さな檻《おり》に入れられて、薬を体の好きな場所に送り込むためのチューブ取り付け口や体の中で起こる反応を観察するための計器をありとあらゆる場所に埋め込まれて、半分機械のような体で日々を過ごした。

目に映るのは自分と同じように機械を埋め込まれて檻に閉じこめられた何百匹もの仲間の猫と、一日に一度見回りに来る人間の姿。その人間も防疫《ぼうえき》のためにマスクで顔を覆っていたから、子猫が素顔《すがお》を見たことはただの一度もなかった。

毎日毎日、何に使うのかも分からない薬を体のあちこちに流し込まれ、痛かったり苦しかったり気持ち悪かったりするだけの日々。

そんな時間が終わりを告げたのは、子猫が生まれて三ヶ月が過ぎた、ある日のことだった。ヨーロッパ地方を突然《とつぜん》襲《おそ》ったその異変は、瞬く間に子猫のいる町を呑み込んだ。『世界樹事件』と呼ばれることになるその事件の正体はもちろん子猫には理解できなかったが、子猫が閉じこめられていた飼育施設は、どこからともなく押し寄せてきた巨大な植物の根に押しつぶされて、地上部分を跡形もなく吹《ふ》き飛《と》ばされた。

地下の飼育室に閉じこめられていた子猫は、壊《こわ》れた檻から逃げ出して、初めて『外』に出た。果てしなく続く地平。空を覆う鉛色《なまりいろ》の雲。その雲に向かってそびえる巨大な『世界樹』の幹――それらの全てを、子猫は初めて見た。

吹雪が吹き荒《あ》れる極寒《ごっかん》の地表。日々の実験で弱り切っていた子猫は、すぐに雪に埋もれて動けなくなった。凍えた体は痛みを通《とお》り越して何も感じなくなり、子猫は夢うつつのうちに、生涯《しょうがい》最後の眠りに落ちた。

それが、生きている間の、最後の記憶《きおく》。

消えゆく意識の中で、子猫が最後に考えたこと。

世界樹の根本、地表を覆うように広がる巨大な根の先、今は残骸《ざんがい》さえも残らない小さな町の跡地《あとち》。吹雪の中で凍《こお》り付《つ》き、半ば雪に埋もれて横たわる小さな猫の亡骸《なきがら》。

その下、地中深くに取り残された飼育室に、まだ生きている十数匹《ひき》の子猫の姿が――

幻想《げんそう》のような光景は瞬きする間もなく過ぎゆき、視界を闇が覆った。

脳内に構築された仮想世界の中、エドは白い子猫と、まっすぐに向き合った。

……これが、きみの、おねがい……？

何もない空間に座り込んで、子猫が、にゃあ、と声を上げる。小さな足でゆっくりと身を起こし、子猫はエドの胸に飛び込んでくる。

慌てて広げた両手のひらに着地し、丸くなってごろごろと喉を鳴らす。

なんだか嬉しくなる。

ここが自分の脳内の仮想世界であることも忘れて、白い背中をそっと撫でる。

……きみのともだち、たすければいいの……？

前足を舌で舐めながら、うにゃうにゃとうなずく子猫。

エドは小さく笑い、その頭に手をおく。

……えらいね……

子猫が手のひらの上で立ち上がり、何かを誇《ほこ》るようにほおひげを揺らす。その前足がすっと持ち上がり、エドの頬を柔らかく撫でる。

にっこり笑ったまま、うん、とうなずく。

……きょうまで、ありがと……

子猫がうなずき、手のひらから飛び降りる。

それが最後。

一度だけ、小さな鳴き声を残して――

子猫を構成していた存在情報は、エドの認識から消失した。

＊

『――つまりは、実験動物の飼育を専門に扱う町だったわけだ』

三日後。

立体映像ディスプレイの向こうのリチャードは、エドとファンメイの前でそう説明した。

『詳しい調査はこれからだが、小さな町の地下全体が飼育用のプラントになっていたらしい。自動の給餌《きゅうじ》システムや環境《かんきょう》調整機能もかろうじて生きていて、それが生き残った子猫たちの命を支えていた。掘り出せば利用価値は相当高そうだということで、調査部の連中がかなり真剣《しんけん》だが……さて、どうなるかは神のみぞ知るだな』

エドが得た情報を元に調査を行ったシティ・ロンドン自治軍は、予想された通りの位置に町の残骸を発見した。世界樹の根に完全に押しつぶされた町の地下からはすぐに大規模な実験動物の育成施設が見つかり、取り残されていた子猫たちは一匹残らず助け出された。

『本来ならうちのシティにも余剰《よじょう》の食糧《しょくりょう》は無いし、あの猫は全て処分する事になるわけだが……』リチャードはタバコの煙を一息。『だから、そう睨《にら》むな。あの猫は全て、うちのラボの管理で引き取ることに決まった。食料局の連中も黙《だま》らせたから、まあ、あいつらが全部大きくなって天寿《てんじゅ》を全うするくらいまでは誤魔化《ごまか》せるだろう』

おかげで、いざという時のために押さえといた連中の泣き所をいくらか放出するハメになったがな——そんなことをぶつぶつ呟き、リチャードが通信を切る。

「——さてっ、万事《ばんじ》解決！」ファンメイは生命維持槽の前でにこにこ笑い「あの猫ちゃん達はしばらくここで飼うことになるんだって。エド、ちゃんと世話できる？」

羊水の中でこくこくうなずくと、ファンメイは「えらいえらい」とガラス筒の表面を撫でる。

床の上にぺたっと座り込み、部屋の隅を見つめて、

「あの子……喜んでくれてるかな」

小さな白い猫の亡骸は、エドが見た通り、吹雪の中で半ば雪に埋もれる形で見つかった。凍り付いたその体は生きていた頃の状態を完全にとどめており、その前足が偶然、世界樹の根の先端《せんたん》のごく細い部分に触れていた。

それが子猫の情報をこの場所まで運んだのだろうと、リチャードは結論した。

ただ、それなら猫は生前の情報に忠実に、機械を体に埋め込まれた状態で現れるはずなのだが、と白衣の教授は首を傾げていた。

「先生も、変なこと気にするよね」ファンメイは床の上にごろっと寝転《ねころ》がり「そんなの、せっかく幽霊になったんだから、元気な体の方がいいに決まってるのに」

そういう問題じゃないんじゃないか、と思いつつ、なんとなくファンメイの言うことの方が納得いったのでうなずく。部屋の隅に目をやり、子猫の姿を思い出す。

たった十日間だけの友達。

最初に現れた時は、ちょうどあの辺りの、暗がりの中から――

「……ぁ……」

白い小さな影を視界の先に見つけ、エドは目を見開く。生命維持槽の明かりも届かない闇の向こうで、子猫はお上品に顔を上げ、ぴんと伸ばしたしっぽを揺らす。

「エド、どうかした？」

同じ視線の先を見つめ、ファンメイが不思議そうに首を傾げる。

なんでもない、と答え、子猫の顔をじっと見つめる。

子猫はゆっくりとその場を回り、床の上に座り込んで丸くなる。仰向けになってお腹を見せ、ごろごろ転がってまた立ち上がる。お辞儀《じぎ》をするように低く頭を下げ、こっちに背を向けて歩き出す。

その姿が次第に薄れ、闇の向こうに溶けて消える。

にゃあ、と、楽しそうな鳴き声、

エドは小さな声で、はい、と答えた。

それっきり、猫の幽霊が現れることはなかった。

wizard's brain encore

最終回狂想曲

初出：電撃hp公式海賊本 電撃h&p

某日《ぼうじつ》、集合住家の共用スペースにて――

「リ・ファンメイ！　先日借りた本だが素晴《すば》らしかった！　物語というのはこれほど心を揺《ゆ》さぶる物なのだな」

「ソフィーさんもわかる？　そうなの、本ってすごいの！　じゃあ、次はどれを読んでもらおうかな」

「よろしく頼《たの》む。……しかし、素晴らしくはあるのだが、一つの話が終わってしまうというのは寂《さび》しいものだな」

「そうだねー。だけど、いつまでも終わらないお話っていうのもそれはそれでなんか変だし」

「まあ、それもそうか。……ファンメイは、どんな結末が好きだ？」

「ハッピーエンド！　世界が平和になって、みんなが幸せになって、ばんざーいっていうの！

……先生はどう？」

「私はもう少し余韻《よいん》を残す物だな。ビターエンドというやつだ」

「リチャード博士も本がお好きなのか？」

「嗜《たしな》む程度だがな。……しかし、終わり良ければ全て良しとはいえ、話というのは時々とんでもない結末を迎《むか》えることがある。ああいう物は、作者が困り果てた結果なのだろうな」

「とんでもないのって、たとえば？」

「例えば……そうだな。これは以前に錬《れん》君から『とんでもない夢を見た』と相談を受けた物だが」

＊

〈前回までのあらすじ〉

並み居る強豪校《きょうごうこう》を打《う》ち倒《たお》し、ついに県大会決勝、賢人《けんじん》高校との戦いに駒《こま》を進めたウィザブレ学園野球部。しかし一点リードで迎えた九回裏ツーアウト、賢人高校が放った起死回生の秘策『魔弾《まだん》の射手作戦』にはまった天樹《あまぎ》錬は、ランナー三塁《さんるい》、一打逆転のピンチを招いてしまう。迎えるバッターは賢《けん》校が世界に誇《ほこ》る最強打者、デュアル No.33。

果たして錬はこのピンチを切《き》り抜《ぬ》けられるのか。賢人高校野球部監督《かんとく》として現れた兄、真昼《まひる》の真意は。女子マネージャー《フィア》との淡《あわ》い恋《こい》の行方《ゆくえ》は。そして、甲子園《こうしえん》の切符《きっぷ》は誰《だれ》の手に――

白球に懸《か》けた少年の戦いが、今、クライマックスを迎える。

＊

まばゆく降り注ぐ陽光が、球場のマウンドを強く照らした。

錬は手《て》の甲《こう》で額の汗《あせ》を拭《ぬぐ》い、帽子《ぼうし》を深く被《かぶ》り直した。

右手に握《にぎ》ったボールを胸の前に掲《かか》げ、縫《ぬ》い目《め》に指を這《は》わせて硬《かた》い感触《かんしょく》を確かめる。ほんの少しの間だけ目を閉じて、小さく息を吐《は》く。

今日までの数え切れない出来事が、心の中に次々に浮《う》かんでは消える。

本当に色んなことがあった、と思う。

廃部《はいぶ》寸前の野球部と出会った一年生の春。メンバー集めに奔走《ほんそう》した日々。練習場の使用権を巡《めぐ》るサッカー部部長、ヴァーミリオン・ＣＤ・ヘイズとの勝負。そこで生まれた友情。初めての練習試合と初めての敗北。ギアナ高地での特訓、それから——

応援席《おうえん》に目を向け、金色の髪《かみ》の少女の姿を最前列に認める。

祈《いの》るように両手を組み合わせ、目を閉じる少女の姿に小さく笑う。

……フィア。

『あの……野球……嫌《きら》いですか？』

遠い日の言葉を思い出す。全てはあの一言から始まった。エメラルドグリーンの瞳《ひとみ》の少女に導かれて、自分はここまで来た。

……僕は、きっと甲子園に行く。

それは静かな確信。

……君を、きっと甲子園に連れて行くから。

ボールを強く握りしめ、左手のグローブを添《そ》えて投球フォームに入る。

降り注ぐ日差しの向こう、バッターボックスに佇《たたず》む銀髪《ぎんぱつ》の少年が、悠然《ゆうぜん》とバットを構える。

キャッチャースボックスでミットを構えたヘイズが、にやりと笑って一つ指を弾《はじ》く。「全部お前に任せる」というそのサインに、うなずいてゆっくりと左足を上げる。

(戦闘《せんとう》予測開始)

脳内に浮かび上《あ》がるI―ブレインのメッセージ。

あらゆる感覚が数値データに置《お》き換《か》えられた論理の世界の中心で、限界まで引《ひ》き絞《しぼ》った全身の筋肉を弓の弦《げん》のように解き放つ。

指先から放たれた直径七十二ミリの白球が、風を裂《さ》いて一直線に走る。時速百三十八キロ、内角低め一杯《ぱい》、完璧《かんぺき》なジャイロ回転――そんなデータの向こうで、バッターボックスのデュアルNo.33が滑《なめ》らかに全身をスライドさせる。

I―ブレインの仮想視界を警告メッセージが埋《う》め尽《つ》くす。

分かっている。こちらがいかに完璧な投球をしようと、あの銀髪の少年はそれをものともしない。

左脳と右脳、頭の両側に二つのI―ブレインを持つ規格外の騎士《きし》、デュアルNo.33。その能力はこんな、騎士剣《きしけん》を手にすることが出来ない状況《じょうきょう》においても遺憾《いかん》なく発揮される。

(高密度情報制御《せいぎょ》を感知)

一房《ひとふさ》だけ伸《の》ばされた長い銀髪が翻《ひるがえ》る。通常の八倍加速で動き出した少年のバットはボールの軌道《きどう》を完璧に捉《とら》え、そのまま、計算し尽くされた運動で風切り音すら残さず振《ふ》り抜かれ——

迷い無く、錬は走る。

通常の五倍加速でマウンドを蹴《け》った錬の体は、土埃《つちぼこり》を巻き上げてバッターボックスめがけて一直線に迫《せま》る。

(『分子運動制御《マクスウェル》』起動)

放たれるであろう打球の角度を瞬時《しゅんじ》に予測し、空気結晶《けつしょう》の盾《たて》を展開してその軌道をことごとく塞《ふさ》ぐ。高校野球規則には『分子運動制御《マクスウェル》を使ってはいけない』とは書いていなかったから、たぶん大丈夫《だいじょうぶ》だと思う。それに気づいたデュアルNo.33がかすかに目を見開いてすぐに平静を取《と》り戻《もど》す。踏《ふ》み込まれた少年の左足が踊《おど》るように数十センチスライドし、強引《ごういん》さを欠片《かけら》も感じさせない動きで瞬時に軌道を変更《へんこう》されたバットはボールを上に打ち上げるのではなく、下に叩《たた》きつける軌道で振り抜かれる。

白球がグラウンドの土に跳《は》ね、氷の盾の防御《ぼうぎょ》をかいくぐる。

錬の体が考えるより速く動き、体の脇《わき》をすり抜けたそのボールを後ろ手のグローブで強引にすくい取る。

倒れそうになる体を踏み込み足で立て直し、バッターボックスに向かって再び駆《か》け出《だ》す。デュアルNo.33は放り捨てたバットを空中に取り残したまま、八倍加速で地を蹴ってすでに疾《しっ》走《そう》する体勢にある。ここで捉えなければ間に合わない。たとえ一塁《いちるい》にボールを投げたとしても、デュアルNo.33の体はそのボールより速く一塁に到達《とうたつ》してしまう。

ボールを右手に掴んだまま、少年の行く手を塞ぐ位置に跳躍《ちょうやく》。

同時に数百の氷の弾丸《だんがん》を少年めがけて叩きつけ、その運動を妨害《ぼうがい》する。

別に自分で手を出しているわけではないから、これは走塁妨害《そうるいぼうがい》にはならない、と勝手に思いこむ。降り注ぐ弾丸をことごとく回避《かいひ》した少年の体が大きく体勢を崩《くず》し、スピードがわずかに鈍《にぶ》る。その隙《すき》に錬は少年の前に回り込み、右手のボールを少年めがけて突《つ》き出す。

瞬間《しゅんかん》、デュアルNo.33の姿が霞《かす》む。

いったいどこに隠《かく》していたのか、黒い結晶体が象眼された細身の騎士剣を右手に掴んだ少年はその運動を通常の五十倍に加速する。

(『空間曲率制御《アインシュタイン》』起動)

刹那《せつな》の判断で脳内に命令を飛ばし、プログラムを入《い》れ替《か》える。強制終了《しゅうりょう》する『分子運動制御《マクスウェル》』の代わりに『空間曲率制御《アインシュタイン》』が立ち上がり、空間構造を歪《ゆが》めて錬とデュアルNo.33の間の距離《きょり》を瞬時に数センチにまで圧縮する。

驚愕《きょうがく》に目を見開いたデュアルNo.33が、右の騎士剣を振り上げる。

錬は構わず右手のボールを突き出し、その右手に鈍い衝撃《しょうげき》があって、そして——

＊

立体映像ディスプレイに映し出される野球場に、もうもうと土煙《つちけむり》が立ち上った。

月夜《つきよ》は手のひらで顔を覆《おお》い、深々と息を吐いた。

憂鬱《ゆううつ》そうにディスプレイに背を向け、周囲に視線を巡らせる。どこまで行っても真っ暗闇《やみ》の果てのない空間に、月夜はいつも通りのつなぎ姿で立っている。

傍《かたわ》らには、何だか良く分からない部品がデザイン性完全無視で組み合わされた、家一軒《けん》ほどの大きさのやたらとごつごつした黒い装置。

その前に座って携帯端末《けいたいたんまつ》を操作している双子《ふたご》の弟に、月夜は声を掛《か》ける。

「……で？　何なのこれ」

「最終回発生装置」

あっさり答える真昼。

月夜は、ふーんそうなんだー、とうなずき、がっ、と右手を伸ばして、

「だ！　か！　ら！　それは何かって聞いてんのよ私は！」

「月夜痛い、痛いってば」

ぐりぐりと頭をわしづかみにする月夜に、真昼は降参というふうに両手を上げる。

携帯端末を床《ゆか》に置き、双子の姉に向き直って、

「だから、不思議な『最終回時空』を発生させて色んな最終回を生み出す、不思議な不思議な装置だよ」

月夜は、ふーんそうなんだー、とにこにこ笑い、両の拳《こぶし》に息を吐きかけ、

「それで？　最初は右の頬《ほお》が良《い》い？　それとも左？」

「や、冗談《じょうだん》じゃなくてね、これが」

真昼は困った顔で頬をかき、周囲の真っ暗闇を見渡《みわた》して、

「詳《くわ》しい原理は省くけど、とにかく僕らがいるこの場所は通常の空間から七次元方向と十次元方向にそれぞれちょっとずつずれた閉鎖《へいさ》空間。で、この空間はそれ自体が一個の巨大《きょだい》な論理回路になってて、適当なテーマを与《あた》えてあげるとそのテーマに沿った『起こりうる可能性』の平行世界を短時間だけ生成してくれる。その機能を司《つかさど》ってるのが――」

そう言って真昼は傍らの巨大な機械を示し、

「この『最終回発生装置』。まあ、生まれる平行世界がどうして『何かの作品の最終回』限定なのかは謎《なぞ》だけどね」

「……で？　その平行世界の元になるのが、そこに山ほど転がってる旧世紀の漫画《まんが》やアニメってわけ？」

「そういうこと」真昼はうなずき、適当なデータディスクをつまみ上げ「僕らがここに転送さ

れた時に一緒《いっしょ》に送られてきたみたいだね。用意が良いって言うか何て言うか……」

今朝、家の倉庫で装置を起動した時のことを思い出しているのだろう、真昼は腕組《うでぐ》みして口元に手を当てる。

その隣《となり》で月夜は巨大な装置をうさんくさそうに見上げ、

「だいたい、なんでいきなりこんなもの作ろうと思ったのよ。ってか、いつのまに設計したの？　そんなわけ分かんない装置」

「いや、昨日の朝起きたら枕元《まくらもと》に設計図があったんだよ」真昼はいかにも下手くそな字が書き殴《なぐ》られた数枚の紙をポケットから取り出し「『海賊《かいぞく》本のネタに困ったからヨロシク』って誰の字かわかんない書き置きが一緒に入っててね。ちょうど材料もあったし、作ってみたらこの始末ってわけ」

「……誰の仕業よそれ。ってか、『海賊本』って何？」

「さあ」

あっけらかんと答える真昼。

月夜は、んー、と額に指を当てて考え込み、

「ま、それはいいわ」コンマ五秒で復活し「で？　どうやったら元の世界に帰れるわけ？　なんか方法あるんでしょ？」

「うん、今調べた」真昼は携帯端末を取り上げ、画面を月夜に向けて「この装置は最終回時空

の発生装置であると同時に、いったん生み出された最終回時空を消去するためのシステムも兼《か》ねてる。でもって、どういう原理か分かんないけどこの装置は自分が生み出した最終回から何かのエネルギーを受け取ってて、そのエネルギーが一定時間内にある基準値を超《こ》えると自動的に最終回時空の終了プロセスを起動するようになってる」

「……んーと」月夜は眉間《みけん》に皺《しわ》を寄せて「要するに、このマシーンにすごい最終回を見せればここから抜け出せるってこと？」

「ま、そういうこと」真昼はうなずき「すごい、っていうか、インパクトのある最終回かな。逆に、発生した最終回のエネルギーがあんまりにも少ないと、お話が最後まで行く前に可能性宇宙を維持《いじ》するエネルギーが足りなくて最終回が途中《とちゅう》で終わっちゃう」

「あんまりつまんない最終回は途中で打ち切りって事ね」月夜は巨大な機械を見上げ「逆に言うと……お話がちゃんと最後まで終われば、成功の可能性も高いってこと？」

「そうなるかな、計算上は」真昼は笑い「あ、予想できてると思うけど、装置を壊《こわ》すってのは無しね。いったん生まれた最終回時空はこの装置で閉じない限り絶対に消滅《しょうめつ》しないから、装置が無くなったら本当に抜け出せな……」

そこまで言って、真昼は、ん、と視線を闇の向こうに向ける。最終回発生装置の傍らに小さな青い光が生まれ、すぐに広がって人が丸ごと通れそうな大きな輪を空中に形作る。

何事かと見つめる真昼と月夜の前で、光の輪から吐き出される小さな人影《ひとかげ》。

「いたた……」錬は見えない床に尻餅《しりもち》をついて顔をしかめ、すぐに我に返って「あ、あれ？　ボールは？　野球場は？　なんで？　どうなったの？」

野球のユニフォームからいつも通りの普段着《ふだんぎ》に戻ってしまった自分の姿を見下ろし、ばたばたと慌《あわ》てふためく。

「そ、そうだ！　真昼兄！　試合、試合はどうなったの――？」

「無効試合、かな」真昼は首を傾《かし》げて苦笑《くしょう》し「平行世界が消滅しちゃったところを見ると、どうも野球ものはこの装置のお気に召《め》さなかったみたいだね」

そんなぁ、と泣きそうな顔をする錬。

僕の甲子園が、といじける少年の傍らに別な光の輪が出現し、銀髪の少年が、赤髪の青年が、エメラルドグリーンの瞳の少女がそれぞれ闇の中に綺麗《きれい》に着地する。

あれ？　と異口同音に声を上げて周囲を見回す三人。

最初に状況を把握《はあく》できたらしいフィアが「大丈夫ですか？」と錬に駆け寄《よ》り、残る二人、ディーとヘイズは不審《ふしん》一杯の顔で傍らの巨大な機械を見上げる。

「……な、なんだこりゃ……どうなってやがる」

「……あ、あれ？　ぼく、どうしてこんなところに……」

怪訝《けげん》そうに顔を見合わせ、お互《たが》いに何と声を掛ければ良いのか分からない様子で気まずそうにそっぽを向く。本編エピソードⅥ（平成十九年十月刊）の時点では、戦ったことはあってもまともに話したことは無い二人だから無理もない。

「やあディーおはよう。ヘイズさんには初めまして、かな？」そんな二人にフレンドリーに話しかける真昼「二人とも、この装置を設計した誰かのご都合で適当に巻き込まれちゃったみたいだね」

は？　と首を傾げる二人に、真昼が現状を手短に説明する。

と、傍らでその話を聞いていた錬が「ちょ、ちょっと待ってよ！」と声を上げ、

「やっぱりおかしいよこれ！　だって僕、ちょっと前まで真昼兄と月姉とフィアと四人で朝ご飯食べてたんだよ？　ってことは今の時間はエピソードⅠとエピソードⅣの間のはずで、ってことは僕はまだヘイズに会って無くて真昼兄もディーに会ってないはずで……」

そんな錬に歩み寄り、月夜は静かに片膝《かたひざ》を突く。

小さな弟の肩《かた》にぽんと手を置き、ゆっくりと首を振って、

「いいこと？　錬。ここではその話はしちゃダメ。絶対にダメよ」

「つ、月姉？　でも！」

「いいからダメなの」月夜はにこにこ笑い、錬の肩に置いた手に**ちょっとだけ**力を込《こ》め「この作品ってただでさえあちこちに主要キャラが分散して時系列も入り組んでてこういうパロディ書くの本当に大変なんだからっていうかみんながまともに出てこれるような状況設定なんか作ったら説明だけで何ページかかるか分かってるのっていうかそもそも後先考えずにこんなキャ

ラいっぱいの話書く作者がすべて悪――」

「月姉！　ごめん！　謝る、謝るから肩痛い痛いっていうかだからそんな長い台詞《せりふ》息継《いきつ》ぎ無しで一気にしゃべらないで怖《こわ》いから！」

悲鳴を上げる錬から手を放し、月夜が「よろしい」とうなずく。

立ち上がって膝《ひざ》の埃《ほこり》を払《はら》い、一同を見渡して、

「それじゃ作戦タイムと行きましょ。この装置がぶっ飛ぶようなすごい最終回。誰かアイディアある人は？」

「って言われてもなあ……」透明《とうめい》な床にあぐらをかく格好でヘイズ「すごい最終回、つっても方向性は山ほどあんだろ。しっとり系とか、感動系とか、燃え系とか、萌《も》え系とか、なんかこう、ヒントとかねーのかよ」

「そーねぇ、『エネルギー』っていうぐらいだから、熱い展開の方が効果ありそうな気はするけど」

「はーい、はーい、月姉」と、考え込む月夜の後ろで手を上げる錬「やっぱりスポーツものが良いと思いまーす。野球は失敗したから、次はサッカーとかバスケとか……」

「却下《きやっか》」

そんな弟を振り返《かえ》り、一言で断じる月夜。

「え……な、なんで？」

「何でもへったくれもないでしょーが」月夜は深々と息を吐き「そもそも普通《ふつう》の人間用のルールしかないスポーツをあんた達にやらせようってのが間違《まちが》いの元ね。あんたもディーも二人してさんざんルール無視しまくって、あれのどこがスポーツものなのよ」

「そ、そんなことないよ！　僕ちゃんとやったよ！　だいたい、魔法《まほう》使っちゃいけないならルールにちゃんとそう書いといてくれないと」

あくまでも自分の正当性を主張する錬の反対側で、顔を赤らめて視線を逸《そ》らすディー。

月夜は「ああもう」と首を振り、

「とにかくスポーツものは無し。なにか他の良いネタ思いついた人！」

その言葉に、黙《だま》り込む面々。

と。

「――なんや揉《も》めとる思たらそういうことかいな。使えん連中やなぁ」

闇の向こうから響《ひび》くその声に、一同が同じ方向を振り返る。『最終回発生装置』の放つほのかな燐光《りんこう》の向こうから、白いジャケットに丸レンズのサングラスを掛けた白髪《しらが》の少年が姿を現す。

「て、てめぇ！　こんなところで何やってやがる！」

「ご挨拶《あいさつ》やな、赤毛の兄ちゃん」ヘイズの言葉にイル――モスクワ自治軍所属魔法士《まほうし》『幻影《イリュージョン》No.17』は軽口で答え「言うとくけど好きで来たんとちゃうぞ。教会の椅子《いす》で気持ち良う昼寝《ひるね》しとったのに、気が付いたらこんな訳の分からん所に飛ばされとった……ま、そっちと似たような話やな」

「っていうか待ちなさいよイル」そんな二人の会話に割って入る月夜「今の言葉は聞き捨てならないわね。私たちが『使えない』ってどういうことよ」

「言葉通りの意味やねんけどな」イルはにやりと笑い「要するにみんなが納得《なっとく》いって楽しめる最終回のネタ出したらええんやろ？　そんなもん、難しく考えるまでもあらへんわ」

「何よ、あんたのことだからどうせ、格闘《かくとう》ものとか言うんでしょ」

「アホぬかせ。おれが自分の趣味《しゅみ》と一般《いっぱんう》受けの区別もつかん素人《しろうと》に見えるんか」

そう言って、イルはわざとらしく咳払《せきばら》いし、

「――料理ものや」


「…………………は？」

ようやく、というふうに声を上げる月夜。

「料理……もの？」

「せや」イルは偉《えら》そうにうなずき「少年漫画でも少女漫画でもアニメでもドラマでも、昔っから誰でも楽しめるエンターテインメントの王道いうたら料理ものに決まっとるやろ」

そうかなあ、という顔を、黙って聞いていた全員がする。

が、イルは自信満々で胸を張り、

「ほなさっそく準備と行こか。そこの山から適当な元ネタ見つけて、そっちの装置に放り込んだらええねんな？」

「え、そうだけど……って、ちょっとあんた！」

咎《とが》める月夜の声を華麗《かれい》に聞き流し、データディスクの山を漁《あさ》り始めるイル。

ほどなく数枚のディスクを見つけ出し、最終回発生装置の一画にぽっかり空いた穴にそれをまとめて放り込み、

「行くでー。――2、1、0っと」

目の前の赤いボタンを、無造作に叩いた。

＊

異形料理漫画　スシグルイ
最終話「無明の握り」

「……幻《まぼろし》の握り、だと？」

呟《つぶや》くヘイズの声が、武道館の天井《てんじょう》に響いた。

観客席の異様なざわめきが、その後に続いた。

全国寿司《すし》職人選手権『Sushi-1』決勝。体長三メートルを超える巨大なクロマグロを前に「せや」とイルは不敵に笑《え》む。右腕《みぎうで》を包む包帯を一挙動に解き、銃痕《じゅうこん》にまみれた腕《うで》を包丁に伸ばす。

「バカかてめぇは。無茶もたいがいにしとけ」諭《さと》すようなヘイズの声。「その腕、まともに物が持てる状態じゃねーだろ。下手すりゃ再起不能、二度と寿司は握れねぇ。こんな勝負に職人生命懸けて何の意味が」

「意味やったらあるで」

ぎこちなく開かれたイルの手が、包丁の柄《え》を掴む。

瞬間、その手が奇跡《きせき》のように力を取り戻す。

「最高の舞台《ぶたい》で、最高の魚があって、最高の客がおる。……目の前には最高の敵が立っとって、そいつと最高の勝負が出来る」ゆらりと持ち上げた包丁の切っ先をヘイズに向け「寿司職人として、これ以上の死に場所はあらへん」

調理台の向こう、もう一匹《ぴき》のクロマグロの前で、ヘイズがたじろいだように息を呑《の》む。

イルは指先でサングラスを押し上げ、不敵な笑みを浮かべて、

「見せたるわ。幻影《イリュージョン》寿司一子相伝、究極の奥義《おうぎ》を」

何、と呟くヘイズの前で、イルは左手の手袋《てぶくろ》を外す。無数の裂傷《れつしょう》と手術痕《こん》にまみれた左手が、衆人の前に露《あら》わになる。

包丁を摑む右手が、高々と頭上に掲げられる。

ライトの明かりに黒く煌《きら》めく、鋼《はがね》の刃《やいば》。

会場内の誰もが、息を呑んだ。


——それは、およそ一切《いっさい》の寿司道に聞いたことも見たこともない、奇怪《きかい》な構えであった。

黒光りするクロマグロ、ほのかな香りを立ち上らせる寿司飯《すしめし》の桶《おけ》——それらの一切を前に、イルはただ、静かに頭を垂れた。

寿司職人の白装束《しろしようぞく》に包まれたその体が地を這う獣《けもの》のように姿勢を下げ、とうとう、会場の冷たい床に額が触《ふ》れた。床に張り付く寸前の体を大きく左右に開いた両の足で支え、イルは薬指と小指だけを握りこんだ左手を目の前に掲げた。

背中越《ご》しに突き出された右腕は、天地を貫《つらぬ》く柱のようにただ上へ。

逆手に構えられた刃の切っ先が、まっすぐに天を示した。

「……それが答え、かよ」

苦笑を孕《はら》んだ、ヘイズの声。

赤髪の青年は一つ息を吐き、真紅《しんく》のジャケットを脱《ぬ》ぎ捨《す》てる。

「なら、こっちも遠慮《えんりょ》はしねぇ。……全力で叩きつぶす」

その下から現れた数十キロはあろうかという鎖帷子《くさりかたびら》に、会場内の誰もが息を呑む。ヘイズは鎖帷子を脱ぎ去るついでに左右の手首と足首に取り付けられたこれまたずしりとした感触のウェイトを放り捨てて、その度に強化タイル貼《ば》りの床が、ごとり、ごとりと恐《おそ》ろしい音を立てる。

全ての重しを取り外された青年の体が、見違《みちが》えるような素早《すばや》い動作で真紅のジャケットを羽織る。

そのまま包丁に手を触れることもせず、ヘイズはオーケストラの指揮者のように構えた両手の指を自身の目の前に掲げる。

そこにあるのは、極限の、果てしないほどに極限の戦い。

演算能力しかない寿司職人は、まともにネタを切ることができるのか？

量子を通過してしまう寿司職人は、シャリを握ることができるのか？

「……行くで、人食い鳩《HunterPigeon》」

「……来いや、幻影《イリュージョン》 No.17」

——出来る、出来るのだ。

「これは……」

そんな二人を観客席の最前列から見下ろし、特別審査員《しんさ》、リチャード・ペンウッド教授は息を呑む。

……これは、尋常《じんじょう》の寿司勝負ではない。

世界のあらゆる寿司店を巡り、あらゆる寿司を食べ尽くしてきた男の思考。

……読めぬ、寿司の味が全く……！

そんな驚愕を置き去りに、二人の寿司職人は同時に動く。

一挙動で地を蹴ったイルの体が怪鳥《かいちょう》のごとく宙を舞《ま》い、クロマグロの巨体《きょたい》めがけて一直線に躍《おど》りかかる。立て続けに弾《はじ》かれたヘイズの両の指が、クロマグロの周囲に音の論理回路を刻む。

わずか一刹那《いっせつな》、交差する二人の視線。

互いの右手が同時に翻り、その指先が神速の挙動で寿司《すし》桶《おけ》に詰《つ》められた酢飯《すめし》を——

＊

ごうん、と鈍い音がして、最終回発生装置が震《ふる》えた。

真っ暗闇の中で尻餅をつき、イルは「お？」と間の抜けた声を上げた。

「って、あれ？　どないなっとんねん。寿司は。おれの寿司勝負っとお——っ！」

「『どないなっとんねん』じゃねぇ！」

その背中に問答無用で蹴りを入れるヘイズ。

イルの頭を後ろからわしづかみにしてぐりぐり振り回《まわ》し、

「何が『誰でも楽しめるエンターテインメントの王道』だ何が！　寿司《すし》握《にぎ》る前に終わったじゃねぇかよ！」

「し、知らんよ！　おれに言わんといてや！」

「……あー、使えない……」

そんな二人の後ろで呻《うめ》く月夜。

手のひらを顔で覆って嘆息《たんそく》し、ふと傍らを見下ろして、

「っと……」透明な床に座り込んでタバコをくわえる男の姿に気づき「えーっと、あんた今出てたわよね？　特別審査員の……」

「リチャードだ」着流し白衣の男はタバコに火を点《つ》けて一服吹《ふ》かし、だて眼鏡を指で押し上げ「ついでに言うと状況の説明も結構。科学者特権ってヤツでな、おおよその事情は都合よく把握させてもらった」

胸ポケットからタバコの箱を取り出し、「吸うか？」と月夜に向ける。「あ、ごめん。私吸わない人なの」と手を振って月夜はその隣にどかっと座る。本編では互いに一面識もないどころか名前を聞いたことすらないはずの二人だが、どちらもそんな小さな事を気にするタマではな

い。

「ってことで最終回のネタが要《い》るの。何か良いの無い？」

「そうだな……」リチャードはタバコの煙《けむり》をぷかりと吹かし「では、推理ものなどどうだ？殺人事件が起こって、探偵《たんてい》が出てくる類の」

定番だろう？　と呟くリチャードに、いつの間にか反対側の隣に座った真昼が「なるほど」とうなずく。

「良いかも知れないですね。割と知的な感じで、人情とかも絡《から》められて……」言いかけて言葉を切り、双子の姉に視線を向け「どうかした？　月夜。何か気になる？」

「……いや、なんていうか」月夜は、うーんと首を捻《ひね》り「良いんだけど、この面子《メンツ》で推理ものでしょ？　なーんか嫌《いや》な予感が……」

しばらく考え込んでから顔を上げ「あ、気にしないで」と手を振る。

「きっとどーでもいいことよ。自分でも何だか良く分かんないし」

立ち上がってズボンの埃を払い、最終回発生装置に歩み寄る。

データディスクの山からそれらしい物を幾《いく》つか拾い上げて装置の投入口に放り込み、

「それじゃ行くわよ。――せーのっ」

＊

論理探偵リチャード

最終話「リチャード最後の事件・後編」

「――天樹錬を殺した犯人は、お前さんだ」

すっと掲げられたリチャードの指が、扉《とびら》の傍《そば》に立ちつくす銀髪の少年を示した。

「え……？　ぼ、ぼく？」

ディーはかすかに体を震わせ、視線を逸らした。

「な、何を根拠《こんきょ》にそんな……」呟き、すぐに口元に引きつった笑みを浮かべ「……そ、そうだ。密室。密室の問題はどうなるんですか。錬くんがこの部屋に戻ってからフィアさんが見に行って死体を見つけるまでの間、このフロアに誰も近づかなかったのは監視《かんし》カメラが証明してるんですよ？」

「そうです！」金髪《きんぱつ》をポニーテールに結《ゆ》わえた女の子が後に続いて声を上げる。「それにディーくんは事件の最初から終わりまでずっとわたしたちと一緒でした。リチャードさんも知ってるはずです！」

「そりゃそうだな」部屋の隅《すみ》で聞いていたヘイズがうなずき「錬がパーティールームを出てからこの部屋で死体で見つかるまでの間、デュアルNo.33はパーティールームを出なかったどころかオレ達の目線から一瞬《いっしゅん》も外れてねぇ。パーティールームからこの部屋まではおよそ五分。監視カメラの目をかいくぐってこの殺害現場来て、錬をぶった切ってまたパーティールームに戻るなんてのは……」

「可能だ」

言い切るリチャードに、一同の視線が集中する。

「可能って……先生、んな簡単に」

「可能なんだよ、ヘイズ」リチャードは神妙《しんみょう》な顔で腕を組み「確かに、普通の人間にはそんな離《はな》れ業《わざ》は不可能だ。パーティールームとこの部屋を往復するだけで十分、錬を殺害する時間まで考えれば少なくとも二十分。仮にパーティールームの全員がデュアルNo.33から目を離した時間が数秒あったとして、その間に犯行を済ませることなど出来るはずがない。……が、その不可能が、彼には可能だった」

リチャードの視線が、まっすぐにディーを捉える。

白衣の探偵はタバコを取り出して火を点け、静かに紫煙《しえん》を吐き、

「そう、全ては容易《たやす》いことだったはずだ。**お前さんの自己領域をもってすれば——！**」

「…………え…………」

その場に居合わせた全員が固まる。床の血だまりに横たわっている錬（被害者役《ひがいしゃやく》）も、みんなから見えない角度で『ええっ！　それでいいの？』という顔をしている。

が、リチャードはこれでもかというほど落ち着いた態度でだて眼鏡を押し上げ、

「詳細《しょうさい》はこうだ。お前さんはパーティールームに居合わせた全員の隙をついて自己領域を起動し、時間を加速して被害者の部屋に向かった。自己領域を起動した騎士の移動速度は光速の九十九・九％以上。百万分の一秒ほどでこの殺害現場にたどり着いたお前さんは自己領域を起動したままドアを開けて室内に侵入《しんにゅう》。並列《へいれつ》起動によって自己領域を解除することなく犯行を済ませ、すぐにパーティールームに戻った。……時間にして十万分の一秒足らず。それほどの高速移動ならば監視カメラに捉えられることもない」

静かに言葉を切り、リチャードが息を吐く。

すっかり白けきった一同を意に介《かい》することなく、テーブルの灰皿にタバコを置き、

「これがお前さんの仕掛《しか》けたトリックだ。何か反論はあるかな？　デュアルNo.33――」

＊

ぷしゅっ、という気の抜けた音が、最終回発生装置から流れた。

タバコ片手で闇の中に座り込み、リチャードは小さく息を吐いた。

「あー、何というか……すまん」

「いえ、僕らもうかつでした」

その向かいで、真昼が頭をかく。

隣の月夜も「そーね……」と遠い目をして、

「そりゃそうよね。この面子で推理ものって、こうなるわよね」

疲《つか》れた顔で息を吐く三人。

と、そんな月夜の肩をちょいちょいとつつく小さな手。

「ん？」月夜は振り返り、ポニーテールの小さな女の子の姿を認め「あ、そっか。セラもいたわよね、今」

何？　どしたの？　と首をかしげる月夜。

と、セラは隣のディーと目配せを交《か》わし、

「ええっと……魔法少女ものとか、どうですか？」

その言葉に、落ち込んでいた三人の目に光が戻る。

「そうか……その手があったな」とリチャード。

「確かに、行けそうですね」と真昼。

「魔法少女ってあれよね。こう、魔法の杖《つえ》とかマスコットの動物とか出てきて、可愛《かわい》い衣装《いしょう》に変身して、素敵《すてき》な先輩《せんぱい》と恋愛《れんあい》があったりして」と月夜。

周囲で聞いていた他の面々も、なるほど、というふうにうなずき、全員の視線が一気にセラに注がれる。

「え、ええっと……」セラは顔を真っ赤にしてうつむき「じゃ、じゃあ、がんばる……です」ディーの手を引いてとてとて最終回発生装置に駆け寄り、手にしたディスクを投入口におそるおそる落とし、

「は、始まりです！　せーのっ——！」

＊

魔砲《まほう》少女リリカルセラ

最終話「決戦は空の上で、です」

「クレアさん……どうしても、戦わなきゃダメですか？」

吹き抜ける風が、ポニーテールの長い髪を揺らした。

青く澄《す》み切った空の下、どこまでも広がる白い雲海の上で、セラはブルネットの髪の少女を

見つめた。

「わたしはクレアさんとお話ししたいです。……マサチューセッツなんかにいつまでも従ってたら、クレアさん、きっとダメになっちゃいます」

「……だめよ」両目を眼帯で覆った少女が悲しそうに首を振る。「あたしにはシティは捨てられない。ディーのことも諦《あきら》められない」

その身にまとったマサチューセッツ軍の制服が光を帯び、弾ける。

肌《はだ》にぴったりと張り付くいかにもそれっぽい黒い衣装に身を包み、クレアは手にした黒い魔法の杖を目の前に構える。

「だから……ごめんね、セレスティ・E・クライン」

いえ、とセラは顔を伏《ふ》せる。

「仕方ないです。クレアさんの気持ち、わたしにも分かります。わたしがディーくんと出会わなければこんなことにならなかったのも知ってます。だから……」

呟いたセラの服もまた、光と共に形を変える。

フリルやレースをゆったりとあしらった可愛らしい衣装に身を包み、セラは毅然《きぜん》と顔を上げ、

「——だから、戦ってください、です」

眼帯に隠されたクレアの瞳をまっすぐに見つめ、

「わたしが勝ったら、お話聞いてもらうです」

静かにうなずいて、クレアが魔法の杖を高々と頭上に掲げる。その先端《せんたん》から光の刃がまっすぐに伸び、魔力《まりょく》で編まれた巨大な長刀を形成する。

それを見つめ、セラもまた右手の杖を目の前に掲げる。

「お願いです！　D３」

『了解しました、マスター《All right. my master.》』

本編ではもちろん話す設定など無かったD３が流暢《りゅうちょう》な英語で答える。というか、本来は正八面体型結晶体のはずのD３はその周囲の金色の飾《かざ》りやら長い棒状の部品やらがついた見るからに魔法の杖というデバイスに変貌《へんぼう》している。

その周囲に渦巻《うずま》く、膨大《ぼうだい》な魔力。

……最初で最後の、本気の勝負……！

セラは唇《くちびる》を強くかみしめ、魔法の杖『D３』を頭上に振り上げ、

「リリカル、マジカル——！」

＊

「ダメ——！！！　それは絶対にダメ——!!!!!!」

月夜の叫《さけ》び声《ごえ》が闇の中に響き渡《わた》った。

透明な床の上に座り込み、ディーは目を丸くした。

「つ、月夜さん……？」

「ダメ、ダメ、ダメ！　それだけは、もう、本当にダメ！」

驚《おどろ》いて声を上げるディーに、月夜は血相を変えてぶんぶん両手と首を振る。

ディーは「で、でも」と果敢《かかん》に反論し、

「これが一番セラに似合いそうだったんですよ？　二十一世紀初頭のデータ全部集めて、当時の評価とかも色々調べて……」

「だから、それがダメなのよそれが!!」月夜は最終回発生装置の黒いボディをばんばん叩き「ただでさえこの作品って『設定似てる』とか『キャラ被ってる』とかさんざん言われてるし！　世の中には発行年月日もまともに調べないで『アーサー王伝説はゲームのパクリ』とか本気で言い出すイっちゃった人もたくさんいるし！　だいたい、その時代のデータ漁ったんなら、なんで『撲殺天使《ぼくさつてんし》』とか『炎髪灼眼の討《えんぱつしやくがんのう》ち手』とかもっと版権的に当《あ》たり障《さわ》りの無いヤツ見つけてこなかったの！」

「は、版権……？」

分からない言葉で怒《おこ》る月夜に、目を白黒させるディー。

「で、でも、だけど……」それでも必死に抗議《こうぎ》の言葉を探し、ふと何かに気づいた様子で「そうだ。セラもクレアも何か言わないと！　納得行かないよね？　二人……」

二人とも、と言いかけて、ディーは動きを止める。セラとクレアはフィアを交えて三人で床の上に座り込み、お互いに、なんだかぽわーんとした顔で自分の服を指でつまんでいる。

「えっと……良いですね、ああいう服……」

「そ、そうよね……たまには良いわよね。ああいうのも……」

「セラさんもクレアさんもすごく似合ってました。……その、見とれちゃいました……」

かすかに頰を赤らめて、はーっ、とため息を吐く三人。

「こ、この子達は……」月夜は握り拳をぶるぶる震わせて呻き「あー、もう！　だから、ネタなのよ！　最終回のネタ！　このままじゃ私たちここで餓《う》え死《じ》によ！　分かってんの？」と。

「――どうやら、わたしの出番みたいねっ!!」

頭上から響き渡る、元気いっぱいな少女の声。

その場の全員が見上げる闇の中を、長い黒髪《くろかみ》を三つ編みに束ねた少女が降りてくる、と言うより真っ逆さまに落ちてくる。

「ファ、ファンメイさん――!?」

驚きの声を上げるフィアに「久しぶりー」と手を振り、ファンメイは最終回時空の透明な床めがけて一直線に突っ込む。と、そこら中の床という床から都合よく生えだした白銀色の細い螺子《ねじ》が絡《あ》み合って巨大な網《あみ》を形成し、墜落《ついらく》死の寸前で少女の体を柔《やわ》らかく支える。

反動で再び宙に飛び上がり、くるりと一回転してきれいに着地を決めるファンメイ。

その後ろから、小さな男の子がとてとてとてと駆け寄ってくる。

「真打ちとーじょー。フィアちゃん元気してたー？」

「は、はい。お久しぶりですファンメイさん。それにエドさんも」

自分の名前を呼ばれたのに気づいて、男の子が立ち止まる。フィアをじっと見つめてぺこっと頭を下げ、あたりをきょときょとと見回して、

「……ぁ……」

最終回発生装置の傍で退屈《たいくつ》そうにしている錬を発見し、一目散に駆け寄る。

気づいた錬が「うわぁ」と歓声《かんせい》を上げ、男の子の体を抱《だ》き留《と》める。そんな弟を横目に月夜はフィアの友人らしい見知らぬ少女を見下ろし、

「……ま、あんたが誰かとかはどうでもいいわ、もう」コンマ三秒でそう結論し「で？　あんたは何か良い最終回ネタ持ってんの？　自信ありそうだけど」

「まかしといて！」ファンメイはふふーんと胸を張り「これでも二十世紀代から二十一世紀代のアニメとドラマと漫画と小説は一つ残らず押さえてあるんだから！　こういうのはわたしの一番の得意分野なのっ！」

「へぇ……」

感心したように三つ編み少女を見つめる月夜。うん、とうなずいて少女に右手を差し出し、

「そういうことならダメ元でお願いするわ。他に手もないし」

「何かちょっと引っかかるけど、引き受けたの！」ファンメイは元気いっぱいにその手を取り

「要はインパクトのある最終回ならいいんでしょ？　楽勝よ！」

データディスクの山にいそいそと駆け寄り、中をかき分け始める。「これは駄作《ださく》」「これは途中まで傑作《けっさく》」と的確にディスクを選別する少女の背中を月夜は頼もしそうに見つめ、

「で、どんなジャンルで攻《せ》めるの？　なんかアイディアあるんでしょ？」

ファンメイは「うん！」と得意そうに顔を上げ、

「――打ち切りもの」

＊

魔法士坂

最終話「世界の中心でアイを叫

＊

ぷしゅーっ、とやる気のない音がして、最終回発生装置が振動《しんどう》した。

透明な床にぺたんと座り込み、ファンメイは「あれー?」と首を傾げた。

「な、なになに? どしたの? まだ始まってな……」

「──どしたの、じゃない!!!」そんなファンメイの頭を月夜はわし摑みにし「今のは何、今のは。何やる気だったのあんたは……!」

「え、え?」ファンメイは頭を摑まれたままわたわたと身をよじり「だから、何の脈絡《みゃくらく》もなく話が終わって、最後にわたしが『まだ登り始めたばかりだから』とか言いながら魔法士坂を駆け上がって、隅っこにおっきく『未完』って……」

「ダメ──!!」月夜はぐわーっと目を見開き「っていうかなんで打ち切り作品持ってくるのよ! 今、私たちに必要なインパクトってこういうのじゃないでしょうが!」

「い、痛い痛い! 頭痛いの!」

ファンメイはじたじたと身をよじり、月夜の手をようやく振りほどく。

ぷーっ、と頰を膨《ふく》らませ、「分かったわよ、もぅ」と呟いて、

「じゃあ、因果地平もの」

「……それ、打ち切りものの一種でしょ」

「じゃあじゃあ、妹十二人もの」

「……いや、それはジャンルじゃないし」

「アフロもの」

「それはもっとジャンルじゃない」

「銀河戦国群雄《ぐんゆう》もの」

「それに至っては該当《がいとう》作品が一個しかない！」

「じゃあ、じゃあじゃあ、津波《つなみ》もの！」

「……なに、それ」

「世界が津波に襲《おそ》われて、地球が大変なことになって終わるヤツ！」ファンメイは両手をばたばたと振り「人工太陽の攻撃《こうげき》で南極と北極の氷が溶《と》けて、津波で大陸が沈《しず》んで、博士が『すまない、私のミスだー!!』って……」

「それが一番ダメ！　っていうか何でそうコアなとこばっかり突いてくんのあんたは！」

月夜の叫びにファンメイは、ふえぇ、と親友であるエメラルドグリーンの瞳の少女に駆け寄り、

「フィアちゃん！　フィアちゃんとこのお姉さんが意地悪なの！」

「……あー、ったく……」

こめかみに拳を押し当てて呻く月夜。

疲れ切った顔で周囲を見回し、視線をふと最終回発生装置の操作盤《ばん》に向け、

「……あ」

がばっと立ち上がり、装置に駆け寄って端末《たんまつ》を叩き、

「……ヤバいわね」

「装置の耐久度《たいきゅう》が下がってる——？」

素《す》っ頓狂《とんきょう》な声で叫んで、錬が巨大な装置を見上げた。

月夜は「ええ」とうなずき、携帯端末の表示をその場の全員に示した。

「いろいろ試《ため》しすぎたせいで負荷《ふか》が蓄積《ちくせき》したみたいね。このままだと装置自体が内部から崩壊《ほうかい》。私たちも、永久にここから出られなくなるわ」

「おい、待て。ちょっと待て」とヘイズ。「ってことはあれか？　あと何回か失敗したら、それでゲームオーバーーってことか？」

「何回、っていうか、あと一回が限度ね。しかも装置の内部にはもうかなりダメージ溜《た》まってるから、何もしなくても一時間もすれば機能停止するわ」

あっさりと答える月夜。

絶句する一同に視線を巡らせ、

「ってことで次がラストチャンスよ。絶対に行けるネタを、誰か速攻《そっこう》で思いついて」

「え……そ、そんなこと言われても……」

錬の言葉を合図に、全員が一斉《いっせい》に視線を逸らす。

しばしの沈黙《ちんもく》。

と。

「――苦戦しているようだな」

「え……」と目を見開いて、錬が闇の向こうを振り返る。その後に続いた全員の視線が、ゆらりと姿を現す黒いロングコートの男を捉える。

「祐一《ゆういち》！」

「祐一さん！」

同時に声を上げる錬とディー。

黒衣の騎士はそんな二人に小さくうなずき、

「状況は認識《にんしき》した。時間もない。急ぐぞ」

「急ぐぞ、って……」その言葉に月夜は目を見開き「ってことは、何か策があんのね？」

ああ、とうなずく祐一。

一同にぐるりと視線を巡らせ、静かに息を吐いて、

「――ロボットものだ」

「いい？　これが最後のチャンスよ」

月夜の声が、最終回時空の闇に響き渡る。

「これでダメなら私たちはこのふざけた空間で餓《う》え死《じ》に。本編もエピソードⅥで打ち切りで、

作者も担当さんも大目玉なんだからね！　気合い入れなさいよ！」

何だか良く分からないその言葉に、揃《そろ》ってうなずく一同。

月夜は「オッケー」と呟き、手にした数枚のディスクをマシーンに投げ入れ、

「それじゃ行くわよ。――スタート！」

＊

雲上巨神《きよしん》ウンカイオー
最終話「勝利の鍵《かぎ》」

「――本司令部は、これより最終作戦に入る」

司令長官、黒沢《くろさわ》祐一の声が、地球防衛軍総司令部に響き渡った。

オペレーター席のディーとセラは驚いた顔で祐一を振り返り「最終作戦!?」と声を上げた。

「最終作戦って……どういうことですか祐一さん！」

広大な司令室の壁《かべ》一面を覆う百メートル近い巨大なモニターに、戦場の光景が映し出される。

広大な雪原の遙《はる》か先、吹き荒《あ》れる吹雪《ふぶき》の向こうで、直径二十キロの巨大な建造物の姿が浮かび上がる。

かつてはシティ・ベルリンと呼ばれた、人類の居城の一つであった物。

異星人の手で地球侵略《しんりゃく》の拠点《きょてん》へと改造された半球型の巨大な構造物は、全身から数万という荷電粒子砲《かでんりゅうしほう》の砲身《ほうしん》を針山のように突きだし、全方位に向かってすさまじい攻撃を撒《ま》き散《ち》らしている。

その周囲を羽虫のように飛《と》び交い、光の雨を必死にかいくぐる三つの機影《きえい》。

地球防衛軍が誇る雲上航行艦《かん》『HunterPigeon』『FA-307』『ウィリアム・シェイクスピア』の三機は、敵の総攻撃を前に今や風前《ふうぜん》の灯火《ともしび》の位置にある。

「この状況をどうするっていうんですか！　たった三機の船で、あんな巨大な敵をどうにかしようなんて……」言いかけて、はっと口をつぐみ「……まさか、あるんですか⁉　雲上航行艦には、まだぼくらの知らない機能が！」

「そうなんですか⁉」とセラも目を丸くする。祐一は静かにうなずき、襟元《えりもと》の通信素子を引き寄せる。

「教授、準備は」

『最終調整は完了《かんりょう》した。いつでも可能だ』

正面のモニターの一画が四角く切り取られ、着流し白衣に身を包んだリチャードの姿が映し出される。くわえタバコで巨大な端末を叩き、ぷかりと紫煙を吐いて、

『だが、成功率は一パーセント以下だぞ？　本当にやる気か』

「不足分は勇気で補う」祐一は答えて通信のチャンネルを切り替え「ヘイズ、クレア、エド、──そして錬、フィア。準備はいいか」

三機の雲上航行艦の操縦席がモニター上に映し出される。緊張《きんちょう》した顔でうなずくエドとクレアの間で、ヘイズが『ま、いいけどよ』とやる気の無い態度で手を振る。

そんな三人の顔の上に出現する、もう一枚、別な画像。

『こっちも調整終わった。行けそうだよ！』

『大丈夫です！　任せてください！』

「錬とフィア──？」

フライヤーの操縦席らしき椅子に座る少年と少女の姿にディーは息を呑む。「ディーくん、あれ！」というセラの声でモニターの一画に視線を向け、ディーはようやく、シティ・ベルリンの上空、敵の攻撃の直中に一直線に突っ込んで行くフライヤーの姿に気づく。

その周囲に螺旋《らせん》を描《えが》いて集《つど》う、三機の雲上航行艦。

ディーの手元の端末、各機のコンディションを示すインジケーターの表示が、一つ残らず限界値を超えて振り切る。

「こ、これって……」

祐一が長官席から立ち上がり、自分の操作卓《たく》を足場に一挙動に跳躍する。黒いロングコートを翻した祐一の体は数十メートルの距離を下り、司令室の中央に音もなく降り立つ。

その右手に提《さ》げた長大な騎士剣が、静かに鞘《さや》から引き抜かれる。

紅色に煌めく『紅蓮《ぐれん》』の刀身を、祐一は高々と頭上に掲げる。

司令室内のありとあらゆるモニターの表示が瞬時に書き換わり、膨大なデータが映し出される。数百万枚のグラフが瞬《まばた》きする間もなく流れ去り、最後に、一つの言葉だけが残される。

闇色の背景に真紅の文字で刻まれた、巨大な名。

それを、ディーは呆然《ぼうぜん》と口にする。

「『UNKAIO』……。ウンカイオー……?」

紅蓮を掲げた祐一の両手が、その柄を逆手に構え直す。司令室の床に光が走り、黒衣の騎士が立つその場所を中心に直径百メートルを上回る巨大な論理回路を描き出す。

「総員、最終作戦発動用意」

静かな声。

祐一は紅蓮の刀身を眼前に振り下ろし、

「──雲海王、合神せよ──!」

論理回路の中心に、突き立《た》てた。

雲上航行艦の外装を、光の紋様《もんよう》が走《はし》り抜けた。

三機の雲上航行艦は鍊が乗るフライヤーを中心に三角形の頂点を成し、シティ・ベルリンの上空、襲い来る荷電粒子砲の嵐《あらし》の直中に静止した。

白銀、銀灰色《ぎんかいしょく》、そして真紅――三機の船から吹き上がった三色の光が闇空に巨大な螺旋を描く。竜巻《たつまき》状のエネルギーフィールドを形成した光は雨あられと突き立つ荷電粒子《かでんりゅうし》の槍《やり》をことごとく受け止め、幾つもの激しい爆発《ばくはつ》を巻き起こす。

光の竜巻がさらにその密度を増し、完全な球形を形作る。

その内部、光のフィールドに守られた空間の中心で、三機の雲上航行艦が変形を開始する。

HunterPigeonの船体が機首を天頂に垂直の体勢になり、機首部分と両の翼《つばさ》が船体中央に向かって大きく折れ曲がる。フライヤーの小さなボディが真紅の機体の中央に張り付いてコックピットとなり、それを取り込む形で組み合わさった機首と翼が巨大な胸部装甲《そうこう》を形成する。

FA-307の銀灰色の船体がその首に当たる部分に後方から突き立ち、機首だけを残して内部に収納される。

元はHunterPigeonであった真紅の胴体《どうたい》パーツがさらに変形し、腕と足の付け根に当たる部分を形作る。

その後方、HunterPigeonとFA-307によって構成された巨大な構造物に寄り添うように、ウィリアム・シェイクスピアの白銀の機体が接近する。

全長四百メートルの巨大な機体を構成する流体金属が溶けるように解け、意志を持つ波となって真紅の機体に絡みつく。幾重《いくえ》にも絡み合った白銀色の流れが瞬時に剛体《ごうたい》化し、百メートルを超《こ》す真紅のボディにふさわしい雄壮《ゆうそう》な腕と脚《あし》を形作る。

胴体部分の上から突き出《で》たFA-307の機首が、光と共に変形する。二つに分離《ぶんり》した銀灰色の機首が肩部《かたぶ》分のパーツを形成し、その間から出現した頭部が雄々《おお》しい兜《かぶと》を纏《まと》う。

最後に残ったウィリアム・シェイクスピアのコア部分が、左手首に深く突き立つ。

その周囲を流体金属が覆い隠し、肘《ひじ》から先を巨大な螺旋状の構造物へと変化させる。

「……あれは……」

司令部のモニター越しにその光景を見つめ、息を呑むディー。

光の螺旋の中から顕現《けんげん》する、全長二百メートル余りの巨《きょ》神。

雄々しく天を衝《つ》く、白銀《しろがね》のドリル。

『……成功だな』

スピーカーから響くリチャードの声。

祐一は、ああ、とうなずき、高らかに叫んだ。

「これが、勝利の鍵だ――！」

＊

最終回発生装置のディスプレイに、巨大なロボットの姿が映し出された。

月夜は興奮に拳を握りしめ、うんうんとうなずいた。

「行けそうじゃない……。ねえ、これ行けそうじゃない真昼‼」

「……いや、ダメだ」

苦しそうな双子の弟の声に、えっ、と顔を上げて振り返る。真昼は苦虫を千匹《びき》まとめて噛《か》み潰《つぶ》したような顔でディスプレイを睨《にら》み、

「これでもまだパワーが足りない。このままじゃ、今回も失敗だよ」

「そんな……」月夜は息を呑み「これでもダメなんて……それじゃ、どうしたら……」

呟きながら巡らせた視線が、ふと、最終回発生装置の傍らで止まる。古今東西のあらゆる作品がうずたかく積み上げられたデータディスクの山の隣、これまでに失敗した幾つもの作品が乱雑に積まれた小さな山。

「これよ――！」

叫ぶが早いか立ち上がり、小さなディスクの山に駆け寄る。野球もの、料理もの、魔法少女もの――辺りに転がるディスクを残らず拾い集め、最終回発生装置に向き直り、

「つ、月夜！　ちょっと、何を！」

真昼の慌てた声。

「こうすんの！」

月夜はデータディスクを両手に握りしめ、高々と頭上に掲げ、

「──これで本当に、クライマックスよ！」

全部まとめて、最終回発生装置に放り込んだ。

＊

闇色の空に、激しい光が走った。

ウンカイオーの操縦席からそれを見上げ、錬は思わず動きを止めた。

「な、何──!?」

呟くその声をかき消すように、激しい振動が操縦席を襲う。シティ・ベルリンの外装から無数のワイヤーがウンカイオーの体を絡め取り、すさまじい力で締《し》め上げる。

……しまった……！

唇を噛んで操縦レバーを握りしめ、ウンカイオーの全身を必死に動かす。

と、その拘束《こうそく》が何の前触《まえぶ》れもなく消失する。

『うっし、成功！』

『ま、マグロさばくよりは簡単やな』

スピーカー越しに聞こえるその声に、慌ててモニターの操作卓を叩く。カメラが捉えたウンカイオーの機体表面、右肩《みぎかた》と左の腰《こし》の辺りに二つの人影を認め、錬はぽかんと口を開ける。

「ヘイズと……イル……？　な、何やってんの!?」

『何ってお前』

『寿司屋の仕事に決まっとるやろ』

青い作務衣《さむえ》に身を包んだヘイズとイルが、口々に答えてカメラの向こうで笑う。手にした柳刃《やなぎば》包丁でチタン合金のワイヤーを三枚おろしに切り刻みながら、二人はウンカイオーの装甲表面を駆け下りていく。

「で、でも、ヘイズは操縦室にいたはずじゃってうわ——！」

思わず叫ぶ錬の視界を、まばゆい光が幾筋も駆け抜ける。慌ててカメラの焦点《しょうてん》を頭上に向け、そこに有り得ない人物を発見して目を見開く。

「って、ディーとセラまで——！」

野球のユニフォームを着込んで騎士剣の片方を右手に構え、銀色の髪の少年が闇の空に悠然と佇む。その胸に抱きかかえられた魔法少女姿のセラが、手にした魔法の杖をシティ・ベルリンに向けて構える。

『お願いです、Ｄ３！』

少女の声に『了解《All right》』と答え、魔法の杖が光の槍を解き放つ。直径数十メートルはあろうかという巨大な荷電粒子の槍がシティ・ベルリンの外装に光速で突き立ち、激しい爆発を巻き起こす。

その光の中、黒い魔法の杖を翻す少女の姿を錬は見る。

やたらと露出《ろしゅつ》度の高い黒い衣装を身に纏ったクレアが、魔法の杖の先端から突き出た光の刃でシティ・ベルリンの外装を縦横に斬《き》りつける。

『今よ！　二人とも！』

そう叫ぶクレアの声に、シティを挟《はさ》んだ反対側から『はい！』と答える声が響く。吹雪のヴェールの向こうに浮かび上がるその姿に、錬は今度こそ操縦席からずり落ちる。

ひらひらと可愛らしい白い衣装に身を包んだフィアと、似たようなデザインの黒い衣装に身を包んだファンメイ。

ご丁寧《ていねい》に魔法の杖を構えた二人が、互いに手を繋《つな》ぎ合って闇の中にそれぞれの翼を羽ばたかせる。

『錬さん、今です！』

スピーカー越しに響く少女の声に、何だか分からないまま「うん！」と答える。手元の操作卓を叩き、「行くよ、エド！」と叫ぶ。

左腕《さわん》の先端、第二操縦席《ドリル》のエドがモニターの向こうで『はい』とうなずく。

小さな男の子にうなずき返し、錬は操縦レバーとフットペダルを限界まで押し込む。

ウンカイオーの全長二百メートルの機体が加速する。唸《うな》りを上げる巨大なドリルを眼前に、真紅の巨神が闇の中を一直線に突っ込んでいく。シティ・ベルリンの全身から突き出た荷電粒子砲が全力で砲撃《ほうげき》を加え、フィアの光の翼がそのすべてを空の向こうに弾き飛ばす。

ファンメイの黒い翼が巨大な刃に姿を変え、荷電粒子砲の砲身を根こそぎ破壊《はかい》していく。

もはや魔法の杖など何も関係ない。

そんなツッコミを内心に抱《かか》えたまま、錬はシティ・ベルリンの巨体に襲いかかる。

巨大なドリルがチタン合金の外殻《がいかく》を貫き、ウンカイオーをその内部へと導く。留まるところを知らないドリルの破壊力はシティ・ベルリンの支柱を、地層を、階層間隔壁《かくへき》を容易く貫き、直径二十キロの広大な内部空間を瞬時に走り抜ける。

外殻を貫いてシティの反対側から飛び出し、宙に静止。

背後ですさまじい爆発が巻き起こり、シティ・ベルリンの巨体が炎《ほのお》に包まれる。

『やったか――！』

「ダメ、まだ！」

ヘイズの叫びに否定を返し、錬は操縦席のモニターを凝視《ぎょうし》する。すさまじい猛攻《もうこう》にさらされたシティ・ベルリンが、轟音《ごうおん》と共に鳴動する。直径二十キロの半球型の構造物がその外装を大きく歪曲《わいきょく》させ、あろう事か生物のように姿を変え始める。

銀灰色の巨体から腕が生え、脚が生え、首が生え――

すらりとしたシルエットの巨人《きょじん》に姿を変えた都市が、轟音と共に立ち上がる。

高々と頭上に掲げられたその両手の間に、まばゆい光の球が生まれる。巨人は直径数百メー

トルはあろうかというそのエネルギーの塊《かたまり》を胸の前に構え、文字通り雲を衝く巨体を有り得ないほど滑らかな動作で捻り、

「――って、なんで野球のピッチャー――!?」

錬の叫びに応えるように、身長二十数キロメートルの巨人が完璧なフォームで投球姿勢に入る。垂直に掲げられた右足の爪先《つまさき》が雲の天蓋《てんがい》をかき分け、足下《あしもと》の大地が激しい鳴動と共に陥没《かんぼつ》する。

轟音と共に踏み込む巨人の右足と、唸りをあげて放たれる光の球。

大地を覆う万年雪がすさまじい熱量に蒸発し、巨人とウンカイオーを繋ぐ太さ数百メートルの線が瞬時に描き出されていく。

『任せてください!』

フィアの声と共に展開された光の翼がエネルギー塊の行く手に立ちはだかる。が、天使の翼が目標を捉えたかと見えた瞬間に光の球は突如《とつじょ》としてその軌道を変更。進行方向右側に緩《ゆる》やかに落下した光の球は翼の防御をすり抜け、ウンカイオーめがけて襲いかかる。

『回転してる!?』

『シンカーか!』

驚愕するフィアに、司令部から応える祐一の声。

そんな二人を置き去りに、強烈《きょうれつ》なスピンと空気抵抗《ていこう》の力で軌道を変更された光の球は内角

低め一杯から唸りをあげてウンカイオーに迫る。

『錬くん、これ――！』

とっさに、身構える錬に、頭上からディーの声。

騎士剣を鞘に収めた少年は、手にしたどう見ても普通の大きさのバットをウンカイオーめがけて投げつける。

小さな木製のバットはウンカイオーの右手のドリルに突き立ち、内部に音もなく飲み込まれる。巨大なドリルがすさまじい光を放ち、次の瞬間、激しい軋《きし》みと共に全長数百メートルの白銀色のバットへとその姿を変える。

……これは……

考える間も無く動いた手が、操作卓に一連のコマンドを打ち込む。

ウンカイオーが全身のパーツを弓のように引き絞り、空中に見事なバッティングフォームを取る。

……行ける……！

迫り来る巨大な光球にタイミングを計り、操作卓の中央、赤いボタンを力任せに叩く。激しい大気の鳴動と共に走ったバットの先が、目の前に迫った光の球を真芯《しん》で捉える。

「これで――」

一瞬の静寂《せいじゃく》。

錬は左右のレバーを力任せに押し込み、全てのエネルギーを一息に解き放ち、

「――終わり！」

振り抜かれるバットと、弾き返される光の球。

快音と共に打ち出された光の球は空を覆う雲を払いのけ、大気圏《たいきけん》を突き抜け、宇宙空間を一直線に貫いて――

その遙か先、最終回時空の境界面を直撃《ちょくげき》した。


爆発的な閃光《せんこう》が、視界を包んだ。

星々の瞬《またた》く闇空がガラスのように砕《くだ》け散り、光の中に溶けて跡形《あとかた》もなく消え去った。

視界に映る全ての物が、形を失う。周囲を取り囲んでいた操縦席が消滅し、錬は光の中に投げ出される。

虚空《こくう》の向こうに手を伸ばし、同じように漂《ただよ》っていたフィアの手をかろうじて掴む。少女の体を腕の中に抱きしめ、大丈夫だようとうなずく。

再び巻き起こる閃光。

今度こそ意識が焦点を失い、あらゆる物が次元の彼方《かなた》に流れ去り、そして――

＊

強化コンクリートの冷たい感触で、目が覚めた。

錬は慌てて身を起こし、良く見知った自宅の地下倉庫の光景を確認《かくにん》して息を吐いた。

隣ですうすうと寝息《ねいき》を立てているフィアを見下ろし、小さく笑う。倉庫の隅で同じように眠《ねむ》っている真昼と月夜の姿を確認し、安堵《あんど》の息を吐く。

「終わった……みたいだね」

目の前には、黒光りする巨大な機械。

操作卓に浮かんだ『機能停止』の文字を見上げ、錬は立ち上がる。

「にしても……何だったんだろ、この機械……」

うーん、と頭をかき、マシーンの反対側に回り込む。うずたかく積み上げられたデータディスクの山を見下ろし、片づけのことを考えて憂鬱な気分になる。

と。

「ん……？」

爪先に、何か小さな感触。

身をかがめた足下に見覚えのないディスクを発見し、錬は首を傾げる。

「うちにあったっけ……こんなディスク」

小さな四角い塊を指先でつまみ上げ、薄闇《うすやみ》の中で眺《なが》める。

『ウィザーズ・ブレイン Episode Final』

そう書かれたディスクを手に、錬はしばらく考え、

「……ま、いっか」

ディスク棚《だな》の一番奥に放り込み、ズボンの埃を払って立ち上がった。

「ほらほら、真昼兄も月姉も起きて。早く片づけないと晩ご飯の時間になっちゃうよ――」

最終回 狂想曲《きょうそうきょく》 おしまい

（おまけ）

「さ、作者よ！ 私の出番が無いとはどういうことだ！ 貴方《あなた》は私を馬鹿にしているのか！」

「いや、登場人物多すぎて。ごめん」

wizard's brain encore

旅路の果て

〜Journey home〜

書き下ろし

某日《ぼうじつ》深夜、シティ・ニューデリー主席執政官執務室《しっせいかんしつむ》にて――


「……さあ、お二人ともどうぞこちらへ。大したおもてなしは出来ませんが、簡単な食事など用意しますので」

「ありがとルジュナさん。ごめんね、こんな時間に押し掛けて」

「いつでもお立ち寄り下さいと言ったのは私ですよ？　さあ、フィアさんはこちらの席に」

「ありがとうございます！　……あ、この写真って」

「先ほどお話しした『温泉』の、正式な開業記念パーティーです。ヘイズさんとクレアさんのお祝いも兼《か》ねて」

「そうなんですか……。赤ちゃん、楽しみですね」

「ええ、本当に」

「町のみんなはどう？　元気にしてる？」

「まあそう焦《あせ》らずに。物資の積み込みには夜明けまでかかりますから、まずはお茶など飲んで、ゆっくりお話ししましょう」

「……本当にありがと。っていうかごめん。食糧《しょくりょう》も医薬品も、そんなに余裕《よゆう》があるわけじゃないよね？」

「執政官の権力を私的に濫用《らんよう》しましたのでご心配なく。……ですが、どうしてフライヤーの保管庫が急に空に？　記録を見ると、たった一日でかなりの量の物資を失われたようですが」

「あの、それは……」

「うん……何て言うか、ちょっとびっくりすることがあってね――」

＊

――そうして、少女は倒《たお》れて、動くことをやめた。

世界の全ての人々が見守る空の上で、飾《かざ》り羽根のような長い黒髪《くろかみ》を春の庭園に散らして。

雲を消し去るためのシステムは壊《こわ》されて、希望は潰《つい》えた。青空を取《と》り戻《もど》す方法も憎《にく》い人類を滅《ほろ》ぼす方法も、何もかもが失われて世界には形だけのみっともない平和が残った。

わたしには、なにも出来なかった。

雪原の戦場に惨《みじ》めに座り込んだまま、その一部始終をただ見上げていることしか出来なかった。

ベルリンでも、マサチューセッツでも、シティ連合と賢人会議《けんじんかいぎ》の決戦でも、その後に起こった雲上航行艦《かん》を止めるための最後の戦いでも同じだ。わたしはみんなの背中をただ必死に追いかけて、ゴーストの「腕《うで》」を闇雲《やみくも》に振《ふ》り回《まわ》すことしか出来なかった。それで良《い》いと言ってくれた少女のために、たった一人で雲の上で戦ってくれたあの子のために、わたしは結局なに一つ出来なかった。世界の行く末を変えるには、たくさんの仲間達を救うには、わたしのI―ブレインは弱すぎて、わたしの「腕」は短すぎた。

あの日、わたしの戦争は終わった。

なにも出来ないまま、誰《だれ》の役にも立てないまま、終わってしまった。

＊

重く軋《きし》んだ金属音を立てて、古びた演算機関がようやく動き出した。

錬《れん》は首筋から有機コードを引《ひ》き抜《ぬ》き、息を吐《は》いて額の汗《あせ》を拭《ぬぐ》った。

「フィア、そっちはどう？」

二階建ての家ほどもある円筒《えんとう》形の演算機関の上に大声で呼びかけると、という声が返る。強化コンクリートと金属パネルに覆《おお》われたドーム型の地下ホール。簡易照明の薄《うす》明かりに照らされた白塗《しろぬ》りの天井《てんじょう》を背景に、金糸を梳《す》いたような長い髪《かみ》がふわりと流れる。

手を振って合図するのは、大きなエメラルドグリーンの瞳《ひとみ》の少女。

旅用の簡素な装《よそお》いの少女にうなずいて応え、立体映像の操作盤《ばん》に指を触《ふ》れる。

周囲の空気が幾《いく》らか暖かくなった感触《かんしょく》。良好を示すステータス表示に安堵《あんど》の息を吐く。と、頭上から軽《かろ》やかな足音。作業用の足場を蹴《け》った少女が、情報制御《せいぎょ》によって軽減された重力に引かれてゆっくりと舞《ま》い降《お》りる。

新緑色のスカートが、ふわりと風を孕《はら》む。

細い体を両腕《りょううで》で抱《だ》き留《と》め、そのままなんとなく顔を見合わせ、どちらからともなく微笑《ほほえ》む。

「――ほんとに直ったんだね、ありがと……」

不意に背後から声。慌《あわ》てて振り返《かえ》る視界の先、奥の通路につながる隔壁《かくへき》の前で赤毛の少女が足を止める。この地下施設《しせつ》の主である、シエナという名の白人の少女。外見で言えば錬とフィアより少し年下くらいの少女は周囲の気温を確かめるように目の前で何度か手のひらを左右させ、うん、とうなずいて防寒着を脱《ぬ》ぎ、何かを思い出したように瞬《また》きして、

「邪魔《じゃま》だった？」

慌ててフィアと体を離《はな》し、勢いよく首を左右に振る。

シエナは肩《かた》をすくめてこっちに背を向け、

「母さんが夕飯にしようってさ。食べるよね？　その後で、あんた達の寝《ね》る部屋に案内するから」

単調な足音が、細い通路の向こうに遠ざかる。

しばしの沈黙《ちんもく》。

二人はもう一度顔を見合わせ、揃《そろ》って噴《ふ》き出《だ》した。

*

鍊は背が伸《の》びた。

なんと、五ヶ月で十センチも。

おかげで危《あや》うくフィアに追《お》い抜かされそうになっていた身長はどうにかまた少しだけ優勢に戻り、少女と向かい合って立つと目線のあたりにおでこが来るようになった。もちろん自分でも嬉《うれ》しかったが、それ以上にどうしてだかフィアの方が喜んでくれた。肩に頭を預けるのにちょうど良い高さなのだと、夕食後の一時に少女はたびたびベッドの端《はし》に並んで座るようせがんだ。

あの遠い旅立ちの日からもう五ヶ月。フライヤー一台に少女と二人きりの道行《みちゆき》は今も続いていた。世界のあちこちを巡《めぐ》りながら、行く先々の町で小さな仕事をこなすだけのあての無い。自分が旅に出たという事実は世界再生機構を通じて広く世界に知《し》れ渡《わた》っていて、出会う人の多くは鍊の顔とその正体をすぐに思い出した。

人々の反応は様々で、幾つかの町では歓待《かんたい》を受け、別な幾つかの町では住民全員に銃《じゅう》で追い立てられた。自分を敵視する人々はもちろん、好意を持ってくれる人々の傍《そば》にも長くはいられなかった。人類と魔《ま》法士《ほうし》の共存に反対してシティを離れた兵士や賢人会議と袂《たもと》を分かった魔法士は幾つかのグループを形成して世界中に潜伏《せんぷく》していて、「天樹錬《あまぎ》らしき少年がどこそこに現れた」という情報を聞けばすぐに殺到《さっとう》してきた。もちろんどんな敵が来たところで負けはしないが、無関係の人々を戦いに巻き込むわけにはいかない。滞在《たいざい》は一日、長くても一週間が限度。出発はいつも町の住民が寝静《ねしず》まった真夜中で、フライヤーの偏光迷彩《へんこうめいさい》に紛《まぎ》れて吹雪《ふぶき》の中を行くのが常だった。

世界の各地を転々としながら、人々に自分の存在を示し続けるだけの旅。

そんな旅に、フィアはただ静かに寄り添《よそ》い、いつも微笑んでくれていた。

旅立ちの日に吹雪の中で告げた言葉の通り、少女は幸せそうで、本当に幸せそうで、一緒《いっしょ》にいる自分の方が時々気恥《きは》ずかしくなってしまうほどだった。旅はとても快適とは言えなくて、Ｉ－ブレインのリハビリもなかなか思うようには進まなくて、週に一度は兵士や魔法士の集団と大立ち回りを演じる羽目になって、それでも少女はいつもにっこり笑って「次はどこに行きましょう？」と言ってくれた。

本当なら自分一人きりで、どこまでも孤独《こどく》だったはずの旅。

それが、こんな心穏《おだ》やかな物になるなんて、思いもしなかった。

「ありがと、フィア」

地下施設の細い通路を歩きながら、何度口にしたかわからないその言葉を今日もまた呟《つぶや》く。

少女はいつものように微笑み、そっと手を繋《つな》いでくれる。

そうやって、二人で幾つかの隔壁をくぐる。

オーストラリア大陸東部。周囲の最も近い町からでも五百キロ以上離れたこの地下施設は幾つかの小部屋とそれを繋ぐ通路で構成されたさほど広くない物で、大戦前に作られた何かの簡易的な倉庫か、それこそ誰かが道楽目的で作った別荘《べっそう》のような場所では無いかと思われる。

住民はさっきのシエナという通常人の少女と、その母親であるもう一人の女性の二人。聞けば、三ヶ月ほど前にこの場所に流れ着き、以来二人きりで暮らしているのだという。

「だけど、本当に良かったですね。シエナさんが助けてくれて」

フィアの言葉にそうだねとうなずく。自分達がメルボルン跡地《あとち》に近いとある町を出発したのは三日前のこと。近隣《きんりん》に住む元ロンドン自治軍の兵士の一団が自分を狙《ねら》っているらしいという情報を入手して慌ただしく旅立ったまでは良かったが、フライヤーの演算機関の自己診断《しんだん》を走らせる暇《ひま》が無かったのが仇《あだ》になった。

猛《もう》吹雪の中で立ち往生してしまった機体をI－ブレインを直結して騙《だま》し騙しどうにか動かし、たまたま見つけたこの地下施設に助けを求めたのがほんの半日前のこと。

雪に埋《う》もれた崖《がけ》の下に偏光迷彩で隠《かく》された隔壁を発見出来ていなかったら、今頃《いまごろ》はフライヤーを諦《あきら》めて徒歩で雪原を彷徨《さまよ》っているところだ。

『あんた達さ、魔法士だよね？　ならちょっと手伝って欲しいんだけど』

いささか不審《ふしん》そうに旅人を迎《むか》えたシエナは、一晩の宿と自己修復中のフライヤーを置くスペースを提供する見返りとして気温調整用の演算機関の修理を依頼《いらい》してきた。二基あった装置の片方が止まってしまって、残った一基だけではどうにも心許《こころもと》ないのだという。二つ返事で請《う》け負《お》った錬とフィアは数時間の作業の末にどうにか修理を終えた。ついでにバグも修正したから、向こう三年くらいは安定稼働《かどう》するだろう。

「お疲《つか》れさま。お湯飲むよね？」

突《つ》き当《あ》たりの隔壁をくぐって食堂に入ると、待ち構えていたシエナがテーブルに空いた二人分の椅子《いす》を勧《すす》めてくる。長い赤毛を頭の上でぞんざいに束ね、つなぎの作業着にエプロンという出《い》で立《た》ち。壁《かべ》に埋め込まれた給湯器からコップにお湯を注ぎ、いささか危なっかしい手つきでテーブルに運ぶ。

錆《さび》が浮《う》き出《で》たスチールの椅子に並んで腰掛《こしか》け、濾過《ろか》装置の匂《にお》いがするお湯を礼を言って受け取る。

と――

「本当にありがとうございます。ろくにおもてなしも出来ませんが、どうぞゆっくりなさってください」

どこか品のある声は部屋の奥、自分達が入ってきたのとは別の扉《とびら》から。病人着の上に毛布を羽織った女性が、壁に背中をもたれさせて疲れたように息を吐く。

この地下施設のもう一人の住民、シエナの母親、アイラ。

おそらく何かの病気を患《わずら》っているのだろう。長い金髪《きんぱつ》の女性はやせ細った両手で口元を覆って軽く咳《せ》き込み、覚束《おぼつか》ない足取りでテーブルに歩み寄る。

「母さん！　ダメじゃない、寝てなきゃ！」

慌てた様子で駆《か》け寄ったシエナが、母の体を支えて椅子に座らせる。適度に冷ましたぬるま湯のコップを手に持たせ、自分は部屋の奥の小さな作業台で食糧のパックを開いて夕食の準備を始める。今日の食糧は宿のお礼に缶《かん》入りのビスケット。人工合成の固形食糧に比べれば随分《ずいぶん》立派だと、二人は喜んでくれた。

普段《ふだん》の食事に比べれば随分立派だと、二人は喜んでくれた。

「大丈夫ですよ。この方達のおかげで少し暖かくなったし、今夜はよく眠《ねむ》れそうです」アイラは静かにコップを傾《かたむ》け、ゆっくりと細い息を吐いてもう一度礼の言葉を口にし「プラントの調整などは全てあの子がやってくれているのですが、なにせ半分素人《しろうと》のようなものですから。

……私にはよくわかりませんが、お二人とも、きっと名のある魔法士の方なのでしょうね」

なんと答えればいいのかわからず、横目にフィアと互《たが》いの顔色をうかがう。

コップのお湯を一口飲み下し、何度かためらい、

「アイラさん。変なこと聞くけど、ほんとに見たことない？　僕の顔」

「はい。……申し訳ありません。こんな暮らしですので、世情には疎《うと》くて」

「わたしも無い。さっきも言ったよね？」

アイラの言葉に続いて答えたシエナが、赤と青と緑の四角い塊《かたまり》が乗った四人分の皿をやはり

危なっかしい手つきでテーブルに並べる。確かに聞いた。二人は賢人会議とシティ連合の戦争が本格化した頃《ころ》に住んでいた小さな町を失い、以来、行く先々で見つけた地下施設を転々と暮らしていたのだという。

この場所と同じように、大戦前に作られた何かの倉庫や利用目的もわからない空き部屋だけの居住空間。そういった場所にはまともな通信機器が備わっていないことも多くて、長く暮らしていると地上で何が起こっているのかさっぱりわからなくなってしまうらしい。

ベルリンやマサチューセッツが大変なことになったという話はどうにか知っているが、それも風の噂《うわさ》程度。

戦争が終わって世界が平和になったと気付いたのは、ごく最近のことなのだという。

「そっか……」

複数の野菜の味がする緑色の塊を飲み込み、ふと息を吐く。自分が何者か知らない人と会うのが久しぶりすぎて、落ち着くような戸惑《とまど》うような妙《みょう》な気持ちがする。

この二人が自分がやったことを、世界に残された希望を断《た》ち切《き》ったことを知ったら、どんな顔をするだろう。

仕方ないと許してくれるだろうか。あるいは怒《おこ》り、嘆《なげ》き悲《かな》しむのだろうか。

「あの、お二人は地上に戻ったりはしないんですか？」

不意に、隣《となり》に座るフィアの声。少女はテーブルの下、向かいの席から見えない位置で錬の膝《ひざ》

にそっと手を添え、

「せっかく戦争が終わったんだから、またどこかの町に住むとか、シティに行ってみるとか」

かちり、とスプーンが金属の皿に触れる高い音。

シエナは魚風味の青い塊を口に放り込んで丸呑《まるの》みし、

「そう出来ればいいんだけどね。わたしも母さんも色々あって、人が多い場所には顔出せないんだ。シティなんてもってのほか。……だよね？」

そうですね、とアイラが息を吐き、

「詳《くわ》しいお話は出来ませんが、色々なことがありまして。……それに、ここの暮らしも悪くはないのですよ？　この子には苦労を掛《か》け通しですが」

「何言ってんだよ！」

シエナが驚《おどろ》いたように立ち上がる。

母親の背後に回り込み、首筋に両腕で抱きついて、

「良いんだよ、そんなの全然気にしなくて。わたしは母さんが元気でいてくれれば、他には何にもいらないんだから」

まあ、とアイラが柔《やわ》らかく微笑む。

骨張った細い指が、胸に光る小さな赤いブローチをそっと撫《な》でる。

「……先月、この子が作ってくれた物です」物問いたげな視線を向けるフィアの前でアイラは

いかにも手製らしい無骨な飾りを光にかざし「私が誕生日だと言ったら『少し待ってろ』と言って三日もかけて。この子ったら、手が怪我《けが》だらけになったのを隠そうとして」

「やめてよ！　……恥《は》ずかしいな、もう……」

食卓《しょくたく》に流れる、穏やかな空気。

と、病人着の女性はふと首を傾《かし》げ、

「どうかされましたか？　フィアさん」

「え？　いえ！　何でもないんです」

母娘《おやこ》のやり取りを満面の笑顔《えがお》で眺《なが》めていたフィアが慌てたように首を左右に振る。少女は恥ずかしそうに両手を頰《ほお》に当て、視線をかすかにうつむかせて、

「ただ……私にも住んでた町に残ってるおかあさんがいて、だからアイラさんとシエナさんを見てたらなんだか嬉しくなって」

テーブルの向かいの二人がそれぞれに不思議そうな表情を浮かべる。フィアは見た目の歳《とし》から考えても確実に先天性の魔法士だから、普通《ふつう》の意味での「おかあさん」はいるはずが無い。

が、アイラもシエナも、その事には言及《げんきゅう》しない。

代わりに母親の方がそっと手をのばしてフィアの手に触れ、

「きっと良い方なのですね。フィアさんの母君は」

「はい！　世界一のおかあさんです！」フィアは嬉しそうに答え、すぐに、あ、と口元に手を

当てて「じゃなくて……あの、アイラさんと同じくらい良いおかあさんで……」

まあ、と微笑むアイラの後ろで、シエナが当然とでも言うように深くうなずく。

静かな時間。

錬は小さく笑い、合成タンパクの小さな欠片《かけら》をゆっくりと口に運んだ。

＊

こっちだよ、と通された扉の中からは、かすかにカビと埃《ほこり》の匂いがした。

剝《む》き出しの強化コンクリートの壁に覆われた狭《せま》い部屋。天井の大きなひびを見上げる錬とファイアの後ろでシエナが持ってきた小さな簡易照明を灯《とも》し、

「悪いけど、客用ベッドなんて気の利《き》いた物は無いんだ。毛布くらいなら探せばあると思うけど」

大丈夫、とフライヤーから持ってきた寝袋《ねぶくろ》を二つ並べて床《ゆか》に広げる。確かに快適とは言えないが、演算機関の自己修復中で轟音《ごうおん》を発している機内で寝ることを思えば遙《はる》かにマシだ。

「朝食は八時。午前中に浄水《じょうすい》プラントの掃除《そうじ》をやるんだけど、手伝ってくれると助かる。……じゃあな、おやすみ」

言葉と共に扉が閉まり、殺風景な寝室《しんしつ》に静寂《せいじゃく》が降りる。

脳内時計が告げる時刻はとっくに夜中の十二時。

錬はくたびれた体をうーんと伸ばし、寝袋にそそくさと両足を突っ込み、

「フィアは大丈夫？　ちゃんと寝られる？」

実のところ、自分の方はこうやって寝るのには慣れている。なにしろここまで旅してきたフライヤーには小さな簡易ベッドが一つしか無い。元々は一人旅のために用意した物だから仕方がないとはいえ、二人で毎日過ごす家でもあるのだからそれでは困る。結果、ベッドは譲《ゆず》って錬は毎日毛布を抱《かか》えて操縦席か、寝袋で床の上。おかげで今ではちゃんとした寝床《ねどこ》の方が落ち着かない有様《ありさま》だ。

だが、フィアの方はそうはいかない。

少女は論理回路による温度調整が施《ほどこ》された寝袋に片足を入れた格好で考える素振《そぶ》りを見せ、なんだか不安そうにこっちに顔を向けて、

「錬さん。あの、私も一緒にそっちに入っても……」

「だ、ダメだよ！　狭いんだから！」

慌ててぶんぶんと両手を振り、頭のてっぺんまで寝袋に潜《もぐ》り込む。この寝袋は大きめのサイズだから人が二人で入ることは可能だが、そういう問題ではない。

旅に出てから五ヶ月。毎日一緒に過ごしていても、フィアとの仲はあまり、と言うよりまったく進展していない。

理由は明白。自分に勇気が無くて、少女の方が無防備過ぎるのだ。

……月姉にもっとちゃんと聞いとけば良かったかなぁ……

あんたが責任もって幸せにするのよ、と抽象的《ちゅうしょう》極《きわ》まりないアドバイスしかくれなかった姉がこうなってみると少し恨《うら》めしい。錬だって知識も経験も全く無いのだから、きちんと教え諭《さと》してくれるのが年長者の務めなのではないだろうか。

「……錬さん」

「な、なに？」

驚いてうっかり寝袋から顔を出してしまう。

簡易照明の薄明かりの向こうには、絵画のような少女の横顔。

フィアは膝を抱えた格好で寝袋の上に座り、灰色の天井を見上げて、

「おかあさん、今頃、何してるんでしょう」

……あ……

息を呑《の》み、寝袋を抜け出して膝立ちで少女に近寄る。

冷たい床に腰《こし》を下ろし、細い肩を両腕で背中から抱き寄せて、

「帰りたい？」

「そうじゃないです」フィアはその腕にそっと自分の手を添え「だけど、アイラさんとシエナさんを見てたら、なんだか……」

女。

ごめん、という言葉を寸前で呑み込む。謝罪を口にするのはきっと違《ちが》う。自分と一緒に居られれば他には何もいらないと、全てを捨てて共に歩む道を選んでくれた少女。

その子が残してきた人を懐《なつ》かしむ気持ちに少しでも寄り添いたいくて、金糸のような髪に頬を押し当てる。

「ありがとうございます」フィアは胸の前に回したこっちの両腕を強く抱きしめ「……アイラさん、どこかのシティでお医者さんに見てもらうのは難しいと思いますか？」

半日見ていてわかった。彼女の病気はたぶん呼吸器系と消化器系にまたがる複合的なものだ。症状《しょうじょう》もかなり進行している。生命維持槽《いじそう》による簡易的な治療《ちりょう》でどうにかできるレベルではない。設備が整った医療施設《いりょうしせつ》で、専門家による診察《しんさつ》が必要だ。

「たぶん、ね」手首から先だけを動かして少女の細い腕を撫で「いちおう説得はしてみるけど、戦争が終わったって知ってるのにこんな場所で暮らしてるなんてよっぽどだよ。どこかのシティと揉《も》めたってだけなら、別なシティを頼《たよ》ればいいわけだし」

賢人会議とシティ連合との戦争に際して各シティが行った「外部の難民の保護」は、戦争が終わった今でも継続《けいぞく》されている。全ての人類と魔法士の力を束ねて世界の危機に立ち向かうという連合の方針に従って、助けを求める者には十分とは言えなくても出来る限りの救済の手がさしのべられる。

それにシティがダメなら世界再生機構を頼るという手もある。錬の名を出せば拒《こば》む者はいない。後はリチャードや弥生《やよい》が適切な治療を施してくれるはずだし、そのまま町で暮らし続けることも出来る。

そういった話は二人にも伝えてみたが、反応は芳《かんば》しくなかった。

つまりはそういうこと。

どうしても地上の世界に顔を出せないような、例えば「実は重罪人である」というような事情があるということ。

「とにかく、薬と食糧は出来るだけたくさん置いていこうよ」少女を抱きしめたまま横顔を覗《のぞ》き込み「また調達するの大変だけど、良いよね？」

はい、と嬉しそうに少女がうなずく。例えばフィアがずっとここに残って対症療法《たいしょうりょうほう》的に症状を取り除く治療を続ければアイラの寿命《じゅみょう》をのばすことは出来るかも知れないが、自分達にはやるべきことがあるし、ここに自分達がいることが知られればかえって迷惑《めいわく》がかかるかもしれない。

だから、これはただの気休め。

それでも――

「ほっとけないよね。アイラさんのこともだけど、シエナも」

少女が無言で息を吐く気配。

大きなエメラルドグリーンの瞳が真っ直《ます》ぐにこっちを見上げ、

「錬さん……シエナさんって、やっぱり」

たぶんね、とうなずく。出会ってたったの半日でも、動きをよく見ていればわかる。

コップや食器を運ぶ時の、どこか覚束ない手つき。

世界再生機構の町でも、同じ物を何度となく見た。

「知らないことにしようよ」少女の顔を見つめて笑い「アイラさんがどう思ってるかはわからないけど、あの子が隠しておきたいなら何か理由があるんだよ」

「そうですね」

フィアは微笑み、目を閉じる。

ふわりと、頬をくすぐる柔らかな髪の感触。

錬は深く息を吐き、息を吐き、もう一度息を吐き、少女に抱きしめられたままの腕を引き抜こうとして失敗し、

「フィア……ええっと、そろそろ良いかな……」

あ、と驚いたような声。

少女は名残惜《なごりお》しそうに腕から手を離し、

「すみません。あったかくて」肩越《かたご》しに振り返り、上目遣《うわめづか》いにこっちを見上げて「あの……や

っぱり、私もそっちで一緒に」

「だからそれは……」

不思議そうに首を傾げる少女の顔をまともに見られなくて、ううっと顔を逸《そ》らす。

と——

「錬、ちょっと良い？」

いきなり、部屋の外からシエナの声。慌てて体を離すと同時に、扉が勢いよく開け放たれる。

「と……悪い、邪魔だった？」

「だ、だだだだ大丈夫！　な、な、何？」

きょとんと目を丸くするフィアを置き去りに、必要以上に後ずさりしてしまう。

シエナは肩をすくめ、肩越しに背後の通路を指で示し、

「ちょっと、手伝ってくれないかな」

＊

少女の案内で訪《おとず》れた施設《しせつ》奥《おく》の倉庫は、お世辞にも整理整頓《せいとん》が行き届いているとは言い難《がた》い有様だった。

広い床の一面に雑然と積み上げられた空のコンテナの山を見回し、錬はうわぁと頬を引きつ

らせた。

「これの片付け？」

「そう。とりあえず端に寄せてくれればいいから」シエナは目の前を壁のように塞《ふさ》ぐコンテナの隙間《すきま》をすり抜けて倉庫の奥に歩を進め「前にここを使ってた誰かが残してったらしいんだけど、このままじゃ危なくてさ。わたし一人じゃどうにも出来ないし、助かったよ」

どうやらシエナが散らかしたというわけではないらしい。ともかく脳内で「仮想精神体制御《チューリング》」を起動。人間より少し太いサイズのコンクリートの『腕』を床から三本生み出し、金属製の重いコンテナを持ち上げて左手側の何も無い壁に運ぶ。高さ十メートルほどの倉庫の天井付近まで積み上がっていたコンテナが少しずつ取り除かれ、奥に隠れていた棚《たな》や未開封《かいふう》のコンテナの姿が次第《しだい》に露《あら》わになる。

「そっちは食べ物とか、プラントの修理部品とか？」

「あとは薬。母さんの命綱《いのちづな》だよ」シエナは奥の棚の前でこっちに背を向け、持ってきた袋《ふくろ》に幾《いく》つかのパックを詰《つ》め込みながら「これぱっかりはプラントの自動生産じゃどうにもなんなくてね。無くなったらどうするかは、いつか考えなきゃいけないんだけど」

そっか、と呟き、目の前のコンテナに意識を戻す。

しばらく、無言で作業を続ける。

……フィア、ちゃんと寝たかな。

少女は自分もついて行くと言っていたが、I－ブレインのリハビリ途中《とちゅう》の少女にあまり無理はさせられない。このくらいの作業なら自分一人で十分だし、もしかすると、あの子に見せられないような状況《じょうきょう》になるかも知れない。

「なあ」そんなことを考えていると、不意にシエナが後ろ向きのまま声を上げ「あんた達、ずっと旅をしてるんだろ？　世界はどんな感じだ？　その……シティとか、賢人会議とかさ」

「前よりずっと良い感じだよ」積み上げたコンテナが崩《くず》れないように固定用のジョイントをきっちりはめ込み「戦争はもうやめて、人類と魔法士は助け合って生きていくんだって。マザーシステムも何とかしようって、みんな真面目にちゃんと考えてる。もちろん、そういうのが気に入らないっていう人もいるけどね」

返るのは、沈黙。

錬は作業の手を止め、半分ほどになったコンテナの山の向こうに赤毛の少女の背中を見つめ、「こっちからも質問いい？　……シエナは、なんでアイラさんと一緒に暮らしてるの？」

「なんでって……」少女は薬品のパックを選別する手を止めず「当たり前だろ。わたしと母さんは親子なんだから」

「でも、血は繋がってないよね？」

手が止まる。

少女は後ろ向きのまま少しだけ背筋を伸ばし、

「なんで分かるんだよ。そんなこと」

「わかるよ」息を吐き、視線を上に向け「だって君、魔法士……」

（攻撃感知《こうげきかんち》、危険）

左側の壁から突き出すように出現した二本の金属の『腕』が、積み上がったコンテナを横薙《な》ぎに押しのける。たぶんずっと隙《すき》をうかがっていたのだろう。倒壊《とうかい》した数百個のコンテナが轟音と共に錬の頭上に降り注ぐ。

だが、残念ながらその攻撃は不意打ちにはならない。

この五ヶ月の旅の間に、似たような状況には何度も、嫌《いや》になるくらい何度も遭遇《そうぐう》した。

（『チューリング』＋『ラグランジュ』合成起動）

防寒着の裏に隠した紅蓮《ぐれん》改の柄《つか》に手を添え、I―ブレインにコマンドを叩《たた》き込む。床から生えた三本の『腕』が寄り集まって太い一本の『腕』を形成し、騎士《きし》に匹敵《ひってき》する速度で空中のコンテナを一つ残らず受け止めて次々に壁に戻す。返す刀でコンクリートの『腕』を振り上《あ》げ、壁から突き出た二本の金属の『腕』をまとめてへし折る。全てのコンテナが元通りに壁に積み上がり、ほとんど同時に運動加速の負荷《ふか》に耐《た》えきれなくなったコンクリートの『腕』が砕《くだ》けて元通りの床に巻《ま》き戻る。

わあ、と悲鳴のような大声。どこからか取り出したナイフを手にしたシエナが必死の形相で駆け寄る。コンテナの山を乗《の》り越《こ》えて飛びかかるその動きはひどく緩慢《かんまん》で、翻《ひるがえ》る刃《やいば》の軌跡《きせき》もI

—ブレインの助けを借りなくても見切れるほど頼りない。戦闘《せんとう》訓練の経験はあるにはあるのだろうが、それほど洗練されてもいなければ情報制御によって加速されているわけでもない一撃《いちげき》。その渾身《こんしん》の横薙ぎを、空中に生み出した空気結晶《けつしょう》の盾《たて》で軽く弾《はじ》く。

驚いたような悲鳴と共にたたらを踏《ふ》む少女。

その体を空気結晶の鎖《くさり》で床に押さえつけ、ゆっくりと歩み寄って手からナイフをもぎ取る。

「気が済んだ？」ナイフを手にしたまま、自分より幾らか年下の少女の隣に腰を下ろし「ダメだよ。やるならもっとちゃんと準備して。ノイズメイカーなんかも上手《うま》く使わなきゃ」

鎖を消して体の拘束《こうそく》を解くと、シエナはゆっくりと転がって床に仰向《あおむ》けになる。

大の字の姿勢のまま、倉庫の暗い天井を見上げる少女。

その瞳に、みるみるうちに涙《なみだ》が盛り上がる。

「君は賢人会議の魔法士だね？　たぶん、僕を殺すんだって、組織を離れた人達の一人」

「……そうだよ」少女は右腕《みぎうで》を両目に押し当てて涙を隠し「あんたから見たら笑っちゃうくらい弱っちいだろ？　シティ・ロンドンの研究室で作られた、第三級《カテゴリーC》の人形使い。いつかわたし達だけの世界を作るんだって夢見て、サクラと一緒に戦って。あんたのせいで何もかもなくした、そういうどこにでもいる魔法士だよ」

「なら、なんでこんな暮らしを？　アイラさんは人間だよね？」

しばしの沈黙。

少女は仰向けのまま顔を背《そむ》けて、わかんないよ、と呟き、
「最初は、十人くらいの仲間と一緒にメルボルン跡地に隠れてたんだ。だけど、すぐに噂にな
ってたまたま近くにいたニューデリー自治軍が捜査《そうさ》に来て。捕《つか》まるくらいならってこっちから
襲撃《しゅうげき》かけたけど失敗してさ……。それで、大怪我して仲間ともはぐれて、動けなくなってた
わたしを助けてくれたのが母さんだよ」
なるほど、と息を吐く。人類との和平に反対して、あるいは「サクラの仇」である天樹錬と
いう少年を憎んで、賢人会議を離れた魔法士達は今も世界の各地に潜伏していて、各国の軍は
その行方《ゆくえ》を追っている。この五ヶ月の間にも幾人かの魔法士が逮捕《たいほ》されていて、その大部分は
錬の動きに釣《つ》られて表舞台《おもてぶたい》に顔を出してしまった者たちだ。
「それでそのまま一緒に？　人類が憎いんじゃないの？」
「……母さんは大怪我したわたしを看病しながら、一人でこの家を見つけて、一人でプラント
を使えるようにしてくれたんだ」シエナは腕で何度か顔を拭い「自分も体が弱ってて、早くど
こかの町にでも行って治療を受けなきゃいけなかったのに。それで体がもっと悪くなって、起
き上がるのも難しくなって。……久しぶりなんだ、今日みたいに調子が良いのはさ」
「アイラさんは知らないんだよね？　君が魔法士だって」
「知ってるわけないよ」ため息交じりの声が答え「前に話してくれたんだ。自分には家族がい
たけど、みんな魔法士に殺されたって。だから戦争でシティ連合が勝って、人類だけの世界に

なって欲しかったって」

　言葉が止まる。

　シエナはそっぽを向いたまま力無く笑い、

「ずるいよな。わたしだって人類を滅ぼして魔法士だけの世界を作るんだって戦ってたのに、母さんがそんなこと言うのがすごく嫌でさ。……気が付いたら『それでも仲良く出来るかも知れない』なんていい加減なこと言って、自分が魔法士だってことは結局言えなくて……」

　うん、と錬はうなずく。

　立ち上がって大きくのびをし、ナイフを少女のすぐ傍に置く。

「……殺さないのかよ、わたしを」

「アイラさんに何て言い訳するのさ」ゴーストの『腕』を生み出してコンテナの片付けを再開し「僕達は明日出て行く。ここのことは誰にも言わない。けど、次にまた襲《おそ》ってきたらその時は徹底的《てっていてき》にやる。それでどう？」

「バカにしやがって……」シエナは悔《くや》しそうな、何かを諦めたような表情で息を吐き「なあ、サクラとあの衛星で戦った時って、どんなだった？」

「強かったよ」少女に背を向けて目を閉じ「本当に、どっちが勝ってもおかしく無かった。僕もあの子も全部出し切って、髪の毛《け》一本くらいの差で僕が勝った。……あの子はね、最後の最後まで君達のために必死だったよ」

返るのはため息交じりの沈黙。

錬は立ち上がる少女を振り返り、何か言おうと口を開きかけ、

「——錬さん！　シエナさん！」

いきなり、倉庫の入り口から叫《さけ》び声《ごえ》。驚いてシエナと顔を見合わせる。

扉の向こうには、真っ青な顔で立ち尽《つ》くすフィアの姿。

今までの出来事を知られてしまったのかと一瞬《いっしゅん》考えるが、それにしては様子がおかしい。

「どうしたんだよフィア！」

シエナが何かを振り払《はら》うように一度だけ唇《くちびる》を噛《か》み、少女の名を叫んで駆け寄る。慌てて後に続き、崩れ落《お》ちそうになったフィアの体を支える。

「落ち着いて。何が……」

細い手が、こっちの腕を強く摑《つか》む。

見つめる二人の前、少女は今にも泣き出しそうな顔で肩をふるわせ、

「アイラさんが……」

＊

三人分の足音が、細い通路に残響《ざんきょう》した。

　地下施設の奥、開け放たれた三重の重厚《じゅうこう》な隔壁を覗き込み、錬は無意識に一つ喉《のど》を鳴らした。

「錬さんがなかなか帰って来ないから、ちょっと応援《おうえん》に行こうかなって思ったんです」

　隣に立つフィアが、同じように闇《やみ》に目を凝らす。隔壁の向こうは地下施設の他の場所と同じ形状の細い通路。長く使われていなかったのだろう。埃が積もったコンクリートの床にはしかし、よく見れば幾つかの足跡《あしあと》が残されている。

　もっとも新しい一つは、間違《まちが》いなくアイラの物。

　今にも泣き出しそうな顔で、シエナが確認《かくにん》してくれた。

「そしたらアイラさんのお部屋の方に明かりがついてて、中を見たら誰もいなくて、お家《うち》の他の場所も探したんですけどどこにもいなくて、それでこの隔壁が開いてて……」

　錬は、うん、とフィアの手を握《にぎ》り、シエナを振り返って、

「この奥は何？」

「わかんないよ」シエナは困惑《こんわく》しきった様子でこわごわとフィアの隣に歩を進め「こんな場所、一度も入ったことがない。この施設は地図も無くて何が隠れてるかわかんないから、生きてくのにどうしても要《い》る場所以外は無闇《むやみ》に開けないようにしてたんだ」

　なんで、と呟く少女の言葉を意識の端に隔壁をくぐる。通路の奥からは凍《こご》えた空気がじわりと染《し》みだす。隔壁が今まで閉ざされていたのなら、中の気温はかなり低いままの可能性がある。

危険の有無《うむ》以前に、病人が備えもなしに入って良い場所ではない。

「みんなでまとまって行こう」二人に視線でうなずき「たぶん足跡をたどれる。僕が先頭。フィアとシエナは後ろの警戒《けいかい》をお願い」

「え……」

驚いたように声を上げるシエナに、フィアが、わかっています、という顔でうなずく。おそらく少女にまで正体が知られているとは思っていなかったのだろう。シエナはますます目を丸くし、やがて諦めたように息を吐く。

そうして、三人で真っ暗闇の通路を進む。

分子運動制御《マクスウエル》を起動して周囲を温め、幾つかの分かれ道を曲がってさらに奥へ奥へ。進むうちに気温はさらに低下する。もしかすると、どこかに生鮮《せいせん》食品の貯蔵庫か、低温実験室でも隠れているのかもしれない。

……それにしても。

探索《たんさく》を進めるうちに、すぐにおかしなことに気付く。足下《あしもと》に続く最も新しい足跡は確かにアイラの物。足取りには迷いが無く、明らかにどこかの目的地を目指している。だが、その周辺にある複数の足跡は、どれもやはり同じ方を向いている。最初はこの施設の以前の住人が残した物かと思ったが、踏み散らされて薄れてしまった足跡はどれもアイラの物と同じ大きさ、同じ形をしているような気がする。

……前からここに出入りしてた、とか……？

緩《ゆる》い勾配《こうばい》の坂を下り、開け放たれた扉をくぐって幾つかの空き部屋を横切る。行く先で出会う通路や部屋はどれも完全に空っぽで、危険の類は見当たらない。そのことがかえって不安をかき立てる。こんな場所に、あの人はいったい何をしに来たんだろう。

長く続いた通路の先には、重厚な金属の隔壁。

二人と顔を見合わせ、表面に浮かぶ立体映像のパネルに手のひらを触れる。

意外にも滑《なめ》らかな動作で、三重の隔壁があっさり開く。同時に思いがけなく強い光が通路に差し、とっさに手のひらで顔を覆う。

「なんだよ、ここ……」

呆然《ぼうぜん》と呟くシエナの声。

光に慣れた目がようやく周囲の状況を捉《とら》え、錬は思わず息を呑む。

ここまで歩いてきた通路や他の部屋とは全く異なる、完璧《かんぺき》に整えられた何かの実験設備と思《おぼ》しき空間。壁も床も天井もあらゆる場所が白一色に塗り込められた広い室内には、立体映像のステータス表示が幾つか浮かんでいる。

（高密度のノイズを感知。危険）

頭の中にひりつくような違和感《いわかん》。おそらくどこかにノイズメイカーが仕込まれている。それも複数。周囲を見回してみるが、それらしき物は見当たらない。壁の中か、天井の裏か、いずれにせよすぐには探し出せそうに無い。

「母さん……！」

シエナの叫びに我に返る。部屋の奥、開け放たれた隔壁の向こうに倒れ伏《ふ》すアイラの姿を発見する。何らかの危険な実験をするために設けられたのだろう気密室。二つの部屋を隔《へだ》てる壁には大きな窓が取り付けられ、互いの状況が一望出来るようになっている。

「待って！　僕が」

駆け出そうとするシエナをフィアに預け、慎重《しんちょう》に隔壁に歩み寄る。どこに危険が潜《ひそ》んでいるかわからない。ゆっくりと隔壁をくぐって中へ。五メートル四方ほどの気密室の中央に意を決して歩を進め、冷たい床に膝をついてアイラの頰に手を当て、

「……捕まえました」

凍えるような、女の声。

背後の隔壁が音を立てて閉じた。


何が起こったのかわからなかった。

錬は驚愕《きょうがく》に目を見開き、冷たい笑《え》みを浮かべるアイラの顔を見下ろした。

一瞬の自失から立ち直り、立ち上がりざま振り返って隔壁に駆け寄る。重厚な金属の隔壁には操作用のパネルや非常ボタンの類は見当たらない。とっさにI―ブレインを起動しようとし

た瞬間《しゅんかん》、脳内にすさまじい違和感。周囲に満ちるノイズがさらに密度を増し、二重映しのエラーメッセージが視界を駆け巡る。

倒れそうになるのを堪《こら》えて隔壁の隣、隣室《りんしつ》との境界にある窓に取り付く。向こう側ではフィアとシエナが、ふらつく足を引きずるようにして駆け寄ってくるのが見える。二人の口がそれぞれ誰かの名前の形に動くが、わずかな音も聞こえない。こっちも同じように声を張り上げて名を呼ぶが、相手に聞こえた気配は無い。

紅蓮改を防寒着の裏から抜き放《はな》ち、窓目がけて力任せに叩きつける。真紅《しんく》の変異銀《ミスリル》で構成された刀身は甲高《かんだか》い音を立て、あっけなく跳《は》ね返る。

「無駄《むだ》ですよ」

ひどく静かな声が背後から投げられる。暗く淀《よど》んだ、心臓の血管にぬるりと入り込むような声。ゆっくりと振り返る視界の先でアイラが身を起こす。

病に冒《おか》され、痩《や》せ衰《おとろ》えた体を引きずるようにして。

シエナという少女の母親であるはずの女性が、白一色に塗り込められた気密室の中央に悠然《ゆうぜん》と立ち上がる。

「この部屋は封鎖《ふうさ》されました。隔壁を解除する方法は、以前はありましたが私が排除《はいじょ》しておきました。大戦前に作られた極限環境《かんきょう》用の気密室です。今から十五分後に室内の全てが摂氏《せっし》三千度の高温で焼却《しょうきゃく》される。あなたも私も塵《ちり》一つ残りません」

「なん……で……」

ようやく、それだけの言葉を絞《しぼ》り出す。

アイラは唇の端《はし》にゆらりと笑みを浮かべ、

「あなたのその顔を見られただけで、全てが報《むく》われた気分です」歌うように呟き、天井の照明の眩《まばゆ》い光を見上げ「ですので、問いに答えましょう。――もちろん、万に一つ、億に一つ、いえ、それ以上の偶然《ぐうぜん》であなたが目の前に現れた時に、諸共に死ぬためです」

細い足が、ゆっくりと前に踏み出す。

一歩。また一歩。足跡を一つ刻む度《たび》に女の体は少しずつ力を取り戻し、ぴんとのばされた両手の指には優雅《ゆうが》ささえもが漂《ただよ》い始める。

ノイズまみれの脳内に、かすかな違和感。

この地下施設で出会うよりもずっと以前、自分はこの顔をどこかで。

「諸共にって……何を……」

「仕方が無いのです」苦《くる》し紛れに発した言葉にアイラは首を傾げ「仮に私が武器を持てば、あなたは違和感に気付いたでしょう。あなただけを閉じ込めるような、あるいは私だけが脱出《だっしゅつ》出来るような小細工を仕《し》掛《か》けても、何かを察知されてしまうかもしれない。……ですので、こうするのが最適解と判断しました。対話によって信頼《しんらい》を勝ち取り、その上で自らを囮《おとり》とし、共に死地に囚《とら》われる。病《や》み衰えたこの体に残された最期《さいご》の使い道として、これ以上はありません」

目の前ほんの一メートル、手をのばせば届く距離《きょり》で、女が立ち止まる。

「私が何者であるか、まだわかりませんか？」

とっさに構えた真紅のナイフを、骨張った細い指が優雅に脇《わき》に押しのける。

呆然と立ち尽くす錬の前、女は楽しくてたまらないとでも言うように微笑《うば》み、

「サリー・ブラウニング。……元シティ・ロンドン首相《しゅしょう》。あなたに全てを奪《うば》われ、人類を救済するという使命に失敗し、国を追われたかつての国家元首です」

女は言う。

「──あの最後の決戦の後、無謀《むぼう》な作戦によって多くの飛行艦艇《かんてい》を失った咎《とが》で私は失脚《しっきゃく》。国家反逆の容疑で逮捕されました」

「もちろんあの作戦における損失がいかに大きいと言っても、本来ならそれだけで首相である私の罪を問うには不十分だったはずです。……ですが、新たにロンドンの実権を握った和平派の議員達にとって、魔法士との徹底抗戦《てっていこうせん》を望む私の存在は目障《めざわ》りだった。いまだに私の方針に賛同し戦争の継続を望む多くの兵士を抑《おさ》えるという目的もあり、私は獄中《ごくちゅう》で自殺の形で密《ひそ》かに処理されることが決まりました」

女はさらに言う。

「死地にあった私を救ってくれたのは、首相就任前から私に従ってくれた、かつての夫の戦友や娘《むすめ》と息子《むすこ》の友人達。……ああ、そういえばご存じでしたでしょうか。何故《なぜ》私がこうまであなた方を、魔法士を憎むのか」

知っている、という意味を込《こ》めてうなずく。ロンドンの指導者、魔法士の滅亡《めつぼう》を望む人々の代表。かつてマサチューセッツに龍《りゅう》使いの島を落とし、飛行艦艇の自爆《じばく》によって世界再生機構の町を葬《ほうむ》り去《さ》ろうとしたのがどんな人だったか、あの戦いの後にルジュナに聞いたし自分でも一通りは調べた。

「……家族を、みんな魔法士に殺されたって……」

「ええ。知っていただけているようで何よりです」アイラ、いやサリー・ブラウニングは痩せ衰えた顔にかつての威厳《いげん》を優雅に湛《たた》え「ともあれ、からくもシティを脱出した私でしたが、その後の逃避行《とうひこう》は残念ながら順風満帆《まんぱん》とは参りませんでした。付き従っていただいた兵士の方々はロンドンの追っ手によって一人、また一人と捕《と》らえられ、気が付けば残されたのは私一人。……慣れぬ旅暮らしの上に、表に顔を出せない身の上では食糧や薬を手に入れるのにも苦労する有様でしたからね。気が付いた時にはこの体は病に蝕《むしば》まれ、二度と立ち上がることが出来なくなるのも時間の問題でした」

けれども、と女は目を細める。

ゆっくりと掲《かか》げられた両手が胸の前で祈《いの》りの形を取り、

「けれども、神は私をお見捨てになりませんでした。私の命が尽きるその前に運命があなたをここに導いたなら、その時は必ず敵を取ると。失われた幾千万《いくせんまん》の希望の、叶《かな》わなかった幾億《いくおく》の願いの贖《あがな》いを必ず求めると。その祈りは天に通じ、今日、私の前にあなたという仇敵《きゅうてき》を遣《つか》わした。これが天啓《てんけい》以外の何だと言うのでしょう」

無意識に錬は一歩後退《あとずさ》る。内臓がぐるぐると裏返り、その場にしゃがみこんで胃の中の物を全部吐き出してしまいたくなる。気持ちの悪い汗が体中から噴き出す。怖《こわ》い。目の前で静かに聖書の一節を呟き始める女が、病に冒され痩せ衰えて、I―ブレインの助けなど無くとも容易《たやす》く打《う》ち倒せるはずのその人が、怖くてたまらない。

……そんな……ことが……

心が壊れてしまったのならまだわかる。いつか「天樹錬」という敵が自分を殺しに来るはずだという妄想《もうそう》に取り付かれて、ありもしない敵の幻影に怯《おび》えて武器を蓄《たくわ》える。そんな人なら旅の間に何度か見た。そういう敵を相手にするのは心が重く、時には押し潰されてしまいそうになることもあったが、それでも恐怖《きょうふ》を感じたことは無かった。

だけど、この人は正気だ。

完全に正気のまま、何一つ自分の道を違えないまま、何億分の一、何兆分の一というこの偶然に賭《か》けて、この地下の家でたった一人で罠《わな》を張《は》り巡らせ続けた。

「なんで……」

言いかけた言葉を呑み込み、ぎりぎりで踏みとどまって顔を上げる。なんでそこまで、などと問う資格は自分には無い。多くの人々の夢を奪い去り、世界に残された希望を刈《か》り取った。その結果として生まれるどんな怒《いか》りも嘆きも全て自分一人で引き受けると、遠いあの日に覚悟《かくご》は決めた。

だけど、それでも。

「おかしいよ、そんなの……」ナイフをゆっくりと防寒着の裏に仕舞《しま》い込み、女の顔を真っ直ぐに見返して「あんたなら気付いたはずだ。だって、アイラは……」

「魔法士だと言うのでしょう？　知っていますとも」

返るのは、思いがけなく穏やかな声。

女の顔に貼《は》り付《つ》いた威厳《いげん》溢《あふ》れる国家元首の仮面の裏に、ほんの少しだけ優《やさ》しい母親がのぞく。

「あの子は下手なのです。日常生活に情報制御を使う癖《くせ》が付いていると、とっさの時に生身の体の動きがおろそかになる。……もっとも、賢人会議の野望が成就《じょうじゅ》して地球上が魔法士だけの世界となれば、そんな気遣《きづか》いも不要だったのでしょうが」

「……わかってて、なんで一緒に」

数秒の沈黙。

女は、ああ、とどこか疲れたように息を吐き、

「強《し》いて言うなら、名前、でしょうか」窓の向こうに立ち尽くす赤毛の少女に一瞬だけ視線を

向け「シエナ・ブラウニングは大戦中に死んだ娘の名です」

不意に、天井の照明が白から明滅《めいめつ》する赤へと切り替《か》わる。甲高い警告音と共に、機械合成の声が気密室内の焼却処理の準備が始まったことを知らせる。隣室でも同じ放送が流れたのだろう。青ざめた顔で毅然《きぜん》と立ち尽《つ》くすフィアの前で、シエナが泣《な》き叫びながら何度も繰《く》り返し窓を叩く。

完全な防音が施された窓の向こうからは、何の音も聞こえない。

女はそんな娘の姿をあえて無視するようにまっすぐ鍊を見つめ、

「行《い》き倒《だお》れのあの子を拾ったのはこの場所を見つける少し前です。私も病で心が弱っていたのでしょう。娘と同じ名のあの子を見捨てることが出来なかった。……魔法士だと気付いたのは怪我の治療が済んでいくらか体力も戻った頃。あの子の能力がどれほどの物であれ、丸腰《まるごし》の私一人では太刀《たち》打ち出来るはずがありませんから、自分が魔法士を憎んでいるという事実をそれとなく伝えて自ら出て行くよう仕向けたのですが……」

また一つ、ため息。

女は呆《あき》れたような、愛おしむような、幼い我が子の失敗を見守る母親のような顔で、

「あの子は自分が魔法士だということを必死に隠して、そのくせ私には『いつか仲良く出来る日が来るかも知れない』などと言って。……そんな姿を見ているうちにふと思ったのです。これが私の結末なのではないかと。人類の未来も守れず、大義も果たせず、ただ惨めに死にゆく

だけの私の最期には、この滑稽《こっけい》な家族の真似事《まねごと》が相応《ふさわ》しいのではないかと」

違う、と錬は思う。確かに全ては作り事だったのかもしれない。この人は心底からそう思って、ただ人生を諦めただけなのかも知れない。だけど、自分が見たアイラとシエナは確かに本物の母娘だった。この家には暖かい時間があって、二人の間には確かにお互いを思う気持ちがあって、それは本物だったはずだ。

「けれど、あなたは今日ここに来ました。天樹錬」

ひどく穏やかな声。

歯を食いしばって立ち尽くす錬の前、女は透《す》き通《とお》るような、何かを悟《さと》り切ったような顔で穏やかに微笑み、

「ですからこれは天の配剤《はいざい》。私に用意された、あるべき結末なのです」

焼却開始まであと五分を知らせる音声が、天井のスピーカーから流れた。

錬は壁に手をついてかろうじて体を支え、目の前の女を凝視《ぎょうし》した。

気密室の奥の壁がゆっくりと動き、金属のシャッターが左右に開く。隠されていた複数の射出口と、円形の巨大《きょだい》なファンがその姿を露わにする。随分古典的な装置だなという場違《ばちが》いな思考。細かな金属の網《あみ》に覆われた壁一面の火炎《かえん》放射器を見回し、すぐに脱出ルートが無いことを悟る。

「本当に、これで良いの？」

無駄と知りつつ、言葉を投げる。

女はもちろん、とでも言うように唇の端で笑い、

「十分とは参りませんが、最低限の務めは果たせました。……これでやっと、天国のあの人とあの子達に顔向けが出来る。と言っても、私が天国と地獄《じごく》、どちらに行くかは神のみ心次第ですが」

「シエナのことはどうするの」

女の視線を誘《さそ》うように、窓の向こうに顔を向ける。

窓に貼り付いたまま、疲れ切った様子で涙を流し続ける少女を見つめ、

「シエナは一人でここに残されるんだ。地上には出られない。あんたが本当は誰だったのかも知らない。それで、どうやって生きてくっていうの？」

「あの子は強い子です」

思いがけなく、穏やかな声。

女は窓の向こうの娘にほんの少しだけ視線を送り、

「一時は悲しんでも、いつかはここを旅立ち、一人で生きていくでしょう。私のことなど、すぐに忘れてしまいますよ」

かすかな違和感。ノイズで上手く働かない頭で必死に考える。女はシティ・ロンドンの指導

者として人類の敵を葬り去る道を選んだ。なら今の発言はおかしい。本当に魔法士を自分達の敵と定めるなら、自分の死後に少女がどうなろうと知ったことでは無いはずだ。

女の発言に生じたわずかな綻《ほころ》び、わずかな矛盾《むじゅん》。

そこに重大なヒントが隠されている気がして、周囲に闇雲に視線を彷徨わせる。

……何か、何でもいい、何かが……！

目の前には全てを成《な》し遂《と》げた顔で佇《たたず》む女。部屋の奥には次第に赤熱する火炎放射の噴出口《ふんしゅつ》。窓の向こうには何度も何度も「母さん」と言う形に唇を動かし続ける赤毛の少女。その後ろには、青ざめた顔で毅然と前を見据《みす》えるもう一人の金髪の少女。

その目は、こっちを見てはいない。

エメラルドグリーンの瞳は、ただ真っ直ぐにアイラとシエナの二人を見つめている。

……あ……

脱出の手段は無いと女は言った。この隔壁は、一度閉じれば二度とは開かないと。

だが、本当にそうだろうか。

例えば「自分の娘が誤ってこの罠にかかってしまう」というような可能性を、女は一度たりとも考えなかっただろうか。

……だとして、どこに……！

じりじりと焼け付くような時間の中、女の顔をまっすぐに見つめる。女は静かにこっちを見返したまま、時折その視線を窓の向こうの娘に向ける。頭上のスピーカーが残り時間があと一分であることを告げる。女の視線の動きが少しずつ速くなる。目の前の少年と窓の向こうの少女、二人の間を何度も行き来した視線が、一度、ただ一度だけ、胸に光るブローチに向けられる。

少女が、母のために作ったという、手製の飾り。

考えるよりも早く体が動き、女の体を床に押し倒す。

女がはっと目を見開き、胸のブローチを火炎放射器に投げ入れようとする。それより早く手を押さえ、小さな手製の飾りをむしり取る。

廃材《はいざい》を加工して塗装《とそう》を施した粗末《そまつ》なブローチの裏には、小指の先ほどの小さな黒い素子。

女に声を上げる暇を与《あた》えず、表面に指を触れる。

(I―ブレイン戦闘起動)

ノイズにまみれた頭を強引《ごういん》に動かし、一瞬だけゴーストハックを仕掛ける。ほんの数ミリ秒、物質の操作などは到底《とうてい》不可能なわずかな演算速度を駆使《くし》して素子の内部に隠されたプログラムを解析《かいせき》し、焼却処理を停止させるためのコマンドを見つけ出す。

脳内の処理はわずか一瞬。

緊急《きんきゅう》停止を告げる音声と共に、部屋の奥のシャッターが元通りに閉じる。

窓の向こうのシエナが、何が起こったのかわからない様子で立ち上がる。歓声《かんせい》らしき形に口を動かして駆け寄る少女の前で、重厚な隔壁がゆっくりとスライドを始める。

息を吐き、体を起こそうとした瞬間、すさまじい力に襟首《えりくび》を摑まれる。

驚いて見下ろした視線の先、サリー・ブラウニングという名の女は錬の顔を強引に自分の前に引き寄せ、

「勝ったなどと、思わないことです」震《ふる》える唇がか細い声を吐き出し「あなたは多くの夢を奪い、世界に残された希望を断ち切った。その罪は決して消えない。たとえ世界の全ての人々があなたを許し、あなたの行いを認めたとしても、私は決してあなたを許さない」

とっさにその手を振り解《ほど》きそうになり、寸前で思いとどまる。

病に弱り切った女の手に、そっと自分の手を重ねる。

「……わかってる」

「ならば誓《ちか》いなさい」女は、娘からは見えない角度で耳元に唇を寄せ「あなたが本当に全ての憎悪《ぞうお》を嘆きを引き受ける覚悟で決断を下したのなら、これから先も決して許しを求めないと。世界から希望を奪い去った罪人として、永遠に私達の敵で在り続けると」

開け放たれた隔壁の向こうから、駆け寄る少女の姿。

女は血の気の引いた唇を動かし、凍《い》てつくような声で告げた。

「誓いなさい。……私から、私達から、この『呪《のろ》い』を奪わないと」

＊

窓の外を流れる吹雪が、また激しさを増した。

錬は闇に映り込む自分の顔を見つめ、息を吐いた。

倒れてしまったアイラを寝室に運んで三人で看病し、どうにか容体が安定した頃には夜が明けていた。シエナに頼《たの》まれた浄水プラントの掃除を早々に済ませ、錬とフィアは挨拶《あいさつ》もそこそこにあの家を辞した。

フライヤーに積んであった食糧と薬は、予定通り出来るだけ置いてきた。こんなにもらえないというシエナに、これからも母親を大切にするようにと言い残して慌ただしく旅立った。

全てはただの気休め、ただの自己満足。

それでも、きっとこれで良かったのだと思う。

フライヤーを適当な窪地《くぼち》に止めて偏光迷彩を起動し、操縦席から後部の居住スペースに移る。

夕食の準備をしていたフィアが、スープの皿を差し出す。

礼を言って皿を受け取り、椅子に腰掛けて一さじすくう。

味は良く分からない。

しばらくは、何を食べても味がしないかもしれない。

「アイラさん、大丈夫でしょうか」

ぽつりと呟くフィアの声に、たぶんね、と答える。テーブルの向かいに座る少女の顔を見るのがなんだか辛《つら》くて、自然と顔がうつむき加減になる。

「ちゃんと薬飲めば、しばらくは大丈夫だよ」独り言のように応え、また一さじスープを口に運び「シエナもちゃんと看病するはずだし、来年か再来年くらいまでは、ね？」

あの地下の気密室で起こった出来事について、赤毛の少女は何も聞かなかった。音が聞こえなかったとしても外から見ていて色々おかしなところがあったはずなのだが、少女は結局その事には一言も触れなかった。たとえば「アイラが言っていた仇の魔法士が錬のことだった」というようなもっともらしい納得《なっとく》をしたのかもしれない。少女は母親を押し倒した自分を責めもせず、ただ何に対してかもわからない礼の言葉を口にした。

フィアも同様に自分からは何も尋《たず》ねようとしなかったが、錬の方で不安になって「アイラの正体がサリー・ブラウニング首相だった」ということだけ話した。少女はそれで全てを察した様子で、黙《だま》ってただ手を握ってくれた。小さな手は柔らかくて温かくて、少しだけ心が軽くなるのを感じた。

たった一夜の、これまでの旅で何度となく経験したのと似たような事件。

地下施設の小さな家を離れて半日が経《た》った今、その事件はまだ、杭《くい》のように錬の心臓に突き刺《さ》さっている。

あの母娘はこれからも、互いに互いの正体を隠したまま、あの小さな家で過ごしていくのだろうか。その暮らしはいつまで続くのだろうか。ロンドンで生まれた魔法士の少女にとって、かつてシティ・ロンドンの指導者であった女は何よりも憎い仇のはずだ。あの子が母の正体を知ってしまう日はいつか来るのだろうか。その日が来た時に何が起こるのだろうか。全てが壊れて、無かったことになってしまうのだろうか。あるいは、二人はその後もあの小さな家で暮らし続けるのだろうか。

「……ごちそうさま」

空になった皿を洗浄機《せんじょうき》に放り込み、部屋の隅《すみ》に座り込んで寝袋を広げる。まだ眠るには早い時間だが、今は何もしたくない。

「ごめん、フィア。今日は早く寝るね」

おやすみと小さく言い置いて、防寒仕様の袋に頭まで潜り込む。フライヤーの後部の床はあの地下施設の家と違ってカーペット張りになっていて、体に馴染《なじ》んで落ち着く。と、外でかすかな足音。

目から上だけを出して様子をうかがう錬の見上げる先で、自分も寝支度《ねじたく》を済ませたフィアが頭の傍に膝をつき、

「アイラさんとシエナさん、きっと大丈夫ですよ」吹雪に白く染まる窓の向こうの空を見上げ

「今頃は二人で楽しく、ご飯食べてるはずです」

なってしまう。

気が付いた時にはフィアの顔が目の前にあって、錬は寝袋の中で上から押し倒される格好に
と、するりと何か柔らかい物が入り込んでくる感触。

呟き、また寝袋の裾《すそ》に顔を隠す。

「そうかな……」


「え……ま、待って！　何？」

慌てて抜け出そうとした体が、細い腕にそっと押さえられる。

「良いですから」大きなエメラルドグリーンの瞳が真っ直ぐにこっちを見おろし「このままで。今日だけは、こうしててください」

潤《うる》んだ瞳から、一滴《てき》、また一滴と涙が零《こぼ》れる。

「フィア……？」思わず、少女の頰に手をのばし「どうしたの？　僕なら大丈夫だよ。こんなのいつものことだし、ちょっと寝たらすぐ元気に」

「大丈夫じゃないです」フィアはその手にそっと自分の手を添え「いつものことじゃないです。こんな錬を、一人になんて出来ません」

狭い寝袋の中で、体が触れ合《あ》う。

少女の鼓動《こどう》をすぐ傍に感じる。

「私が一緒にいます。朝までずっと。それで、こわい人が錬のことを責めに来たら私が代わり

に追い返します。だから――」

金糸を梳いたような髪が、頰をくすぐる。

触れ合う唇。

錬は目を閉じ、少女の腕に身を委ねた。

wizard's brain encore

そして物語は続く
～Cooking for you～

書き下ろし

さらに同日深夜、シティ・ニューデリー主席執政官執務室《しっせいかんしつむ》にて――


「そうですか、あのサリー首相《しゅしょう》が」

「うん。一週間も経《た》ってないから、今もあの場所にいるとは思うけど」

「あの、出来たらあのお二人のことは」

「……軍部の方にお願いして監視《かんし》を付けましょう。ロンドンの脱走《だっそう》兵や他の不穏《ふおん》分子と接触《せっしょく》する気配があれば拘束《こうそく》しますが、そうでなければ見なかったことにする。それでよろしいでしょうか」

「ありがと、ルジュナさん」

「ありがとうございます！」

「お礼を言うのは私の方です。……さあ、お茶が入りましたよ」

「わぁ、良《い》い匂《にお》い。これ何ですか？」

「二十世紀に作られた紅茶のレプリカです。食糧《しょくりょう》生産プラントの実験の副産物ですが、お口に合いますでしょうか」

「いただきます。……わ、美味《おい》しいです。とっても良い香りで」

「良かった。……そうですね、よろしければこちらもどうぞ。紅茶には、少し合わないかも知れませんが」

「？　これって？」

「なんですか？」

「セラさんからお裾《すそわ》分けに頂きました。なんでも、クレアさんのお祝いのために特別に作られたお料理だとか——」

＊

——クレアに子供が出来た。

それを知った時の気持ちを、セラはこの先も絶対に忘れることは無いと思う。

胸《むね》の奥が暖かくなるような、むず痒《がゆ》くなるような、なんだか泣きたくなるような不思議な気持ち。これまであの人との間にあった色々なことか、マサチューセッツの街で初めてディーに出会った頃《ころ》のことか、遠い日に母と過ごした小さな家のこととか、ありとあらゆる物が暖かな温泉の湯気に溶《と》けて空に上っていくような不思議な気持ちだった。真っ赤な顔で泣きながら微笑《ほほえ》む彼女に駆《か》け寄《よ》って何を言ったかは興奮しすぎてよく覚えていない。ただおめでとうとかすごいとかそんなことを必死にまくし立てているうちに自分も泣いてしまって、あの人に逆に頭を撫《な》でてもらったのだけは覚えている。

クレアさんがおかあさんになる。

すごい。

こんなすごいことがあって良いんだろうか。

翌日に賢人会議《けんじんかいぎ》の拠点《きょてん》に戻《もど》った後も興奮は収まらず、その興奮はさらに三日経った今も続いている。今日だって、こんな朝早くに目が覚めてしまった。自室のベッドに身を起こし、立体映像ディスプレイを呼び出して、町を離《はな》れる前に最後に撮《と》った写真を表示する。自分とクレアとディーとヘイズ、四人が並ぶ写真を眺《なが》めているうちに、何となく唇《くちびる》の端《はし》が笑《え》みの形になっていくのが自分でもわかる。

眠《ねむ》ってなんていられない。

お祝いを。何かすごいお祝いを考えなければ。

＊

「……クレアの好きな食べ物？」

簡素なプラスチックのカップから、ほわりと湯気が立ち上った。

難しい顔で首を傾《かし》げるディーに「そうです」とうなずき、セラは人工香料《こうりょう》のコーヒーのカップを二つ並べてテーブルに置いた。

「この料理っていうのじゃなくても、甘いのが好きとか、辛《から》いのが好きとか、ないですか？」

テーブルを挟《はさ》んで少年の向かいに座り、砂糖とミルクで目《め》一杯《いっぱい》甘《あま》くしたコーヒーに口を付ける。地下施設《しせつ》の居住区画、自分の部屋のすぐ隣《となり》にあるディーの私室。朝早くの来訪を嫌《いや》な顔一つせず出迎《でむか》えてくれた少年のために、二人分のコーヒーを淹《い》れ終えたところだ。

「どうかなぁ……。マサチューセッツにいた頃は食堂の人に何か作ってもらってた気もするけど」ディーは小さくお礼の言葉を呟《つぶや》いてカップを手に取り「後はときどき自分でも料理してて、材料が足りないって怒《おこ》ってた気も……」

うーんと天井《てんじょう》を見上げる少年につられて、セラも視線を天井に向ける。世界中に今も残っている賢人会議の拠点の中でも一番大きなアジア中部のこの施設には、自分達の他にも三百人ほどの魔法士《まほうし》が暮らしている。世界再生機構の町への移住を希望する人達はこの半年で残らず引《ひ》っ越《こ》しを終え、今も組織に残っているのは「しばらくはこのままでやっていきたい」という人達だけ。とはいえ、そういう人達も殊更《ことさら》に人類に敵対しようというわけでは無いから、状況《じょうきょう》は落ち着いていると言える。

「……なんか、ごめんね」

そんなことを考えていると、向かいの席からディーの声。

少年はカップをテーブルに置き、真っ黒なコーヒーの表面に映る自分の顔を見つめて、

「あの頃はそういうの気にする余裕《よゆう》が全然無くて、セラに会うまでは毎日何食べてたかもあんまり覚えて無くて」

「え、そ、そんな」慌《あわ》てて少年の手に自分の手を添《そ》え「ええっと、クレアさんって食べるのは好きですよね？　お料理が上手なのはいろんな人に聞いたですけど」

「たぶん。味付けとかこだわってたみたいな気がするし……」

言葉が途切《とぎ》れる。

ディーはなんだか居心地《ごこち》悪《わる》そうにため息を吐《つ》き、

「ぼくってクレアのこと全然知らないよね。何年も一緒《いっしょ》に暮らして、あんなに大事にしてもらったのに……」

「大丈夫《だいじょうぶ》です！」

話が妙《みょう》な方向に転びそうになってきた。

慌てて椅子《いす》から立ち上がり、テーブルの周りをぐるりと少年の隣に駆け寄って、

「一緒にいてもわかんないこととか知らないこととかたくさんあります。そんなの全然大丈夫です！」

「そう、かな……」

「そうです！」勢いよくうなずき、少年の手を強く引いて「ディーくんも一緒に来て下さいです。こうなったら情報収集です！」

＊

『……クレア嬢《じょう》の』

『好きな食い物《もん》』

『って言われてもねえ……』

三人三様の声が、通信画面の向こうで綺麗《きれい》に唱和した。

通信画面に映る白塗《しろぬ》りの簡素な部屋の中央、小さな丸テーブルを囲んだリチャードとイルと月夜《つきよ》は、セラの問いに腕組《うでぐ》みしたまま うーんと首を傾げた。

世界再生機構の町の中央付近にあるかつての中央司令部は、今では町の運営を司《つかさど》る臨時政府のような役目を担《にな》っている。そんな五階建ての建物の一角、無数の立体映像の資料が所狭《せま》しと浮《う》かぶその部屋は、リチャードの居室兼《けん》研究室として使われている。

そんな部屋に何故《なぜ》か集まった三人。

テーブルの上には両手ほどの大きさのカップが三つと何本かの箸《はし》、それに新品のタバコの箱がうずたかく積み上げられている。

『確かに、あの子って結構こだわるわよね、料理』月夜がカップの一つを手元に引き寄せ、コインを一枚投げ入れて目の前に伏《ふ》せ『塩分濃度《のうど》とかすごい細かく調整するし。おかげでどんなメニューでも意味わかんないくらい美味しくなるけど』

『せやけど、逆に「特別これ」いうんは聞いた事無いな』イルが手にした箸でそのカップを引き寄せ、他に二つ並んだ全く同じ色形のカップと混ぜて見事な手さばきで次々に入《い》れ替《か》え『だいたい何でも上手そうに食うて義兄貴も言うてたし。まあ、つわりやら何やらで今はそうもいかんのやろうけど』

『あんた、その「義兄貴」って言うの癖《くせ》になってきたわね』と月夜がこちらも右手に構えた箸を素早《すばや》く突《つ》き出《だ》してカップの動きを次々に止め『あそこの家に入り浸《びた》るのほどほどにしなさいよ？　今は大変な時期だし、そもそも新婚《しんこん》さんなんだから』

『まあ、味覚や体質の変化については問題ない』リチャードはテーブルの中央に三つ並んだカップをむむと睨《にら》み、真ん中の一つの前に新品のタバコを一箱置き『原因不明ならともかく、今は妊娠《にんしん》の初期症状《しょうじょう》と判明したわけだからな。プラントでの医薬品の生産も順調だし、クレア嬢の体質に合った薬はきちんと処方しとる』

『っていうかイル、あんたもちゃんとお祝いとか考えてるの？』月夜は裏返った三つのカップを何かの儀式《ぎしき》のように順に箸で叩《たた》き『私と博士は色々準備してるけど、あんたの面倒《めんどう》までは見切れないからね』

『当たり前やろボケ。こっちも色々』

「あの……！」とうとう堪《こら》えきれなくなったように、ディーが横からカメラに顔を突き出し

「すいません。さっきから何してるんですか？」

ん？　と瞬《まばた》きする、ディスプレイの向こうの三人。

イルが全員を代表するように、手にした箸をかちかちと打ち鳴らし、

『何て、博打《ばくち》や、博打』

のたうつ蛇《へび》のように箸先が揺《ゆ》らめいたかと思うや否《いな》や、三つのカップがほとんど同時に表にひっくり返る。タバコの箱が置かれた真ん中のカップの中身は空。その隣、セラから見て右手側のカップの中で年代物らしい小さなコインが光る。

むう、と渋《しぶ》い顔で唸《うな》る白衣の男。

月夜が『はい没収《ぼっしゅう》』とタバコを取り上げ、

『博士が一ヶ月くらい全然休んでないから、息抜《いきぬ》きにちょっとゲームに誘《さそ》ってみたのよ』タバコの山に新たな一箱をそっと積み上げ『レートは十倍。コインがどのカップに入ってるか当てられたらタバコ一箱を十箱にしてお返し。良いルールでしょ？』

『いや、ええルールか？　これ』イルが困ったように眉《まゆ》をひそめ『なあ博士。おれが言うんも変やけど、そろそろ潮時ちゃうか？　別に、あれ取り返さんと今日吸う分にも困るいうわけでもあらへんやろ？』

『そうはいかん！　ようやくコツがわかってきたところだ！』

リチャードは完全に据《す》わった目で不敵な笑み浮かべ、椅子に座り直して腕《うで》まくりする。

そんなやり取りを前に、口元が自然と笑みの形になる。

完全に遊びに興じているように見えるリチャードの周囲には、先日地下で発見されたという惑星《わくせい》開発用ロボットの資料が今もぐるぐると回っている。向かいの月夜の頭上には飛行艦艇《かんてい》の設計図らしき画像が浮かんでいるし、イルの手元にも学校で子供達に教えるのに使うのだろう書きかけの指導書らしき物が見える。

忙《いそが》しく、けれども楽しく。

みんなが、今日も前を向いてまっすぐに生きている。

『と、まあ。そんなわけで残念ながら我々では的確なアドバイスが出来ん』

不意に、リチャードの声。男は再び目の前に並んだ三つのカップを腕組みして睨み、新たなタバコの箱を今度は一番左に置き、

『どうだろう。ここは一つ、有識者を頼《たよ》ってみるというのは』

「有識者、ですか？」

『ま、それが良いわね』首を傾げるセラに、月夜はリチャードが賭《か》けたのとは別のカップをひっくり返して中からコインを取り出し『ヴィドさんとかシスターとか、他にも料理得意そうな人。後で私から説明しとくから』

＊

『……なるほど、クレアさんのお祝いに何か料理を』

一時間後、朝食の後片付けを終えた集会所の食堂。

セラの説明を聞き終えたケイトは、通信画面の向こうで柔《やわ》らかく微笑んだ。

『とても良い考えだと思います。私達でよろしければ、ぜひお手伝いさせてください』

長机の食卓《しょくたく》が幾《いく》つもならんだ広い食堂では、エプロンをつけた子供達が元気に走り回っている。I－ブレインを持っている魔法士の子も、持っていない通常人の子も関係なし。朝の仕事を終えた子供達は小さな菓子《かし》のパックを手に次々に厨房《ちゅうぼう》を飛び出し、

『あ、セラお姉ちゃんだ！　おはよー！』『おはよー！』『ディーくんもおはよー！』『おはよー！』『おはよ――――――！！！』

こっちの姿に気付いた子供達が、歓声《かんせい》を上げて通信画面の前に駆け寄ってくる。魔法士はもちろん、通常人の子も全員。何ヶ月か前に町を訪《おとず》れた際に簡単な料理を教えてあげて以来ずっとこの調子。今では初対面の子でさえ自分のことを「お姉ちゃん」と呼ぶ。

「ええっと、みんなおはようです」

どうにか挨拶《あいさつ》を返すと、子供達はわーいと手を振《ふ》ってまた画面の外へと駆け出していく。

と、テーブルの手前側、ケイトの向かいの席に座ったヴィドがその様子を眺めてうんうんとうなずき、

『セラの嬢ちゃんは本当に人気者だな。良いこった。俺が料理教えるっつってもこうはいかねえからな』軽く手を振って子供達を見送り、椅子ごとこっちに向き直って『で、料理だけどよ。結婚式《けっこんしき》の時みたいな派手な宴席《えんせき》設けるってわけでもないし、嬢ちゃんが見舞《みま》いに持っていく手《て》土産《みやげ》みたいなもんだろ？　適当な菓子か何かが良いんじゃねえのか？』

立体映像のレシピ本らしき物を呼び出して次々にページをめくり、

『作り方が知りたいってんならオンラインでも直接でも手本見せるぞ。嬢ちゃんが料理得意ってのは聞いてるからな。一回見りゃ十分だろ』

「ほんとですか？　ありがとうです！」

思わず通信画面に身を乗り出してしまう。クレアの結婚式の時に食べたから、男のケーキ作りの見事さはよく分かっている。

が。

『何言ってんだいあんたは。菓子なんか腹に溜《た》まりゃしないだろ』

ヴィドの隣の席からまた別の声。サティが相変わらずのつなぎ姿で大きなスパナをくるりと回し、

『あたしゃやっぱり肉が良いと思うね。分厚いステーキかシチューなんかどうだい』

『いや婆《ばあ》さん、ステーキはまた別の祝いだろ。嬢ちゃんがでかい肉の塊《かたまり》持って見舞いに行って様になると思うか？』

『母親ってのは体が資本なんだよ』慌てた様子で反論するヴィドの前でサティは腕組みして椅子にふんぞり返り『とにかく栄養。健康第一だよ。あの子はほっとくとすぐに無理するからね、もっと体をがっしりさせないと』

『あんた式の時と言ってること違《ちが》うぞ！　形が大事とかなんとか偉《えら》そうに言ってただろうが！』

大真面目な顔で言い争う二人。

と、サティの向かい、ケイトの隣に座った弥生《やよい》が、うーん、と口元に手を当て、

『主治医《ご》としては、とりあえず栄養のことはいいかな。ちゃんとバランス考えてるし』通信画面越しにこっちを見つめ、少しだけフィアに似た穏《おだ》やかな笑みを浮かべて『だから、セラちゃんはセラちゃんが贈《おく》りたい物を贈れば良いと思うわ。結局、クレアさんもそれが一番喜ぶと思うし』

え、と思考が止まる。

セラは思わず眉間《みけん》に皺《しわ》を寄せ、

「贈りたい物、ですか」

改めてそう言われると困ってしまう。赤ちゃんが出来たお祝いに何が相応《ふさわ》しいかということ

ばかり考えていて、自分が何を贈りたいかなんて考えたことが無かった。お祝い。あの人に贈りたい物。何だろう。何がいいんだろう……

『まあまあ、そんなに難しい顔をしないで』ケイトが柔らかく微笑み『急ぐ話でもないのですから、ゆっくり考えてください。必ず、一番良い答えが見つかりますよ』

＊

『贈り物《もの》か！　それは良いな！　素晴《すば》らしい！』

弾《はじ》けるような少女の声が、街灯の淡《あわ》い光の中に響《ひび》いた。

町の一角に設けられた人工芝《じんこうしば》の広場の片隅《かたすみ》、子供達と一緒にレンガを並べて何かを組み立てていたソフィーは、セラの言葉にたいそう感銘《かんめい》を受けたようだった。

『料理ということならやはり菓子が良いのではないか？　私のお勧《すす》めはクレープだ。メリルが焼いてくれるクレープはそれはもう絶品で』

『ソフィー。今はソフィーの好きな物の話じゃない』

後ろで聞いていた白衣の女学生が少女の肩を叩いて話を遮《さえぎ》る。メリルというこのペンウッド教室の研究員は、あまり表情を変えなくて言葉も静かでなんだか親近感が湧《わ》く。対するソフィーは『そうか！』と目を丸くし、腕組みして考え込み始める。世界再生機構の一員として一年前の決戦に臨《のぞ》んだ頃に少しだけ話をしたきりだが、この二人は本当に面白《おもしろ》いなとセラは心の中でこっそり思う。

『なになに？　セラちゃんの手料理？　わたしも食べたい！』

『はい』

遠くで同じように何かの作業をしていたファンメイとエドが息を切らせて駆け寄ってくる。少女はいつも通りのチャイナドレス。男の子の方は分厚い防寒着にマフラーをぐるぐる巻きにしてしっかりと帽子《ぼうし》も被《かぶ》っている。

『セラちゃんが作る物ならクレアさん何でも大喜びだと思うの！　がんばって。わたし達も負けないように、すっごいの作るから！』

両腕《りょううで》を広げてその場でくるりと回り、背後の様子を通信画面に示す。

広場の端には、何十メートルかにわたって掘《ほ》り返《かえ》された土の山。

積み上げたレンガで幾つかのブロックに分割《ぶんかつ》された土には植物の名前が書かれたプレートが立てられ、周囲には気温管理用らしき演算機関が据《す》え付けられている。

「あ……」隣でディスプレイを凝視《ぎょうし》していたディーが声を上げ「ひょっとして、花壇《かだん》？」

『そう！　今から種植えて、みんなで育てるの！』ファンメイは得意満面で胸を張り『十ヶ月くらい経って、クレアさんの赤ちゃんが生まれる頃にちょうど花が咲《さ》くの！　それがプレゼント！　町のみんなからです、って！』

高らかに宣言する少女の背後で、広場には次々に人々が集まってくる。子供達だけではなく、大人も、老人も。ペンウッド教室の研究員達や、錬《れん》とフィアがかつて暮らしていた町の住人達。中には、かつて北極の地下施設でセラやファンメイと短い時間を共に過ごしたあの老人達の姿も見える。

『おお、誰《だれ》かと思ったら嬢ちゃんじゃないか。元気にしとるかね？』

「は、はいです！」

『そうか、そりゃええ。体に気をつけてな』

老人達は次々に画面の前にやって来ては、ちゃんと食べているかだのまた遊びに来いだのと口々に声を投げる。それらの言葉に一つ一つ応えているうちに、だんだん訳が分からなくなってくる。やり取りを聞きつけた子供達が駆け寄ってきて、ディスプレイを取り囲んでわいわいと大騒《おおさわ》ぎを始める。

場所を譲《ゆず》って後ろに下がったファンメイが、嬉《うれ》しそうにうんうんとうなずく。

セラはなんだか恥《は》ずかしくなってしまい、うつむき加減に頰《ほお》をかいた。

＊

そうして、一日が終わって、夕食の時間が来た。

セラはディーと顔を見合わせ、そろってため息を吐いた。

気が抜《ぬ》けるような電子音を残して立体映像の通信画面が閉じる。結局あの後も色々な人に話を聞いたけど、考えはさっぱりまとまらなかった。サラやソニアなど向こうの町で暮らすようになった魔法士達に話を聞いてみてもやっぱりダメ。みんな『作りたい物を作れば良い』とか『セラが作る物なら何でも美味しい』とかそればかりで、ヒントになりそうな意見を貰《もら》うことはとうとう出来なかった。

「……とりあえず、ご飯食べよっか」

「……はいです」

ディーに手を引かれて立ち上がり、一緒に部屋を後にして共用の食堂に向かう通路を歩き出す。セラの長年の指導が実って、今や賢人会議の拠点ではどこでも食事当番の持ち回りが成立している。自分が当番の時は食堂は大人気だが、他の人が作る日でもちゃんと美味しくて食べられる料理が出てくる。

「今日はさぼっちゃったから、寝《ね》る前にいろいろやらないとね」

「ほんとです」

少年と顔を見合わせ、どちらからともなく小さく笑う。今や賢人会議のリーダーとなった自分達には、他のシティや世界再生機構との物資のやり取りや人材交流計画など、目を通さなければならない資料が山のようにある。今日は一日中通信していてその全てを後回しにしてしまった。夕食の後に少しだけでも片付けなければならない。

二人で手を繋《つな》いでエレベータを下り、分かれ道を何度か曲がる。

と――

「ディーにセラか。どうした。浮かない顔だな」

食堂からの帰りらしい人形使いの青年、カスパルとばったり遭遇する。組織の副リーダーとして生産状況やメンバー一人一人の健康などを管理してくれている青年は首を傾げて、

「問題があったか？　良ければ話を聞くが」

「カスパルさん。ええっと……」

少し迷ってから、贈り物のことを話してみる。

青年は腕組みして視線を上に向け、

「そうか。ヴァーミリオン・CD・ヘイズとクレアヴォイアンスNo.7が子供を授《さず》かったんだったな。それで贈り物。なるほど……」口の中でしばらく何かを呟いてから、急にこっちを見下ろして「思うんだが、なぜ料理なんだ？」

「……え？」

思ってもみなかった問いに、とっさにディーと顔を見合わせる。

そんな二人を前に、カスパルは真剣《しんけん》な顔で、

「俺にはそのあたりの常識はまるでわからんが、祝いというのは何も料理に限る物では無いだ

ろう。生まれてくる子供の服を作るとか、部屋の準備を手伝うとか、セラなら何でも出来るだろう」

確かに、とディーが小さな声で呟く。

カスパルはうなずき、セラの前に片膝《かたひざ》をついて、

「お前は料理を選んだ。そこには、何か意味があるんじゃないのか？」

言われて初めて気付く。クレアにお祝いを贈ろうと思った時、自分の頭には他の何でもなく料理だけが浮かんでいた。どうしてだろう。自分は、あの人に何を贈ろうと思ったのだろう。

料理。そう、料理だ。

遠い日、まだ自分が魔法士であることも知らず、マサチューセッツの小さな家で暮らしていた頃。

疲《つか》れて帰ってくる「おかあさん」のために、狭い台所でいろいろな料理を――

「カスパルさん、ありがとです。わたし、わかったです！」

隣のディーが、不思議そうにこっちを見下ろす。

セラはうなずき、少年の手を強く摑《つか》んだ。

＊

材料は人工タンパクの卵液《らんえき》と調味料、細かく刻んだハムと野菜を少しだけ。

丁寧《ていねい》にといた卵に他の材料を混ぜ合わせ、油を引いたフライパンに流し込む。

熱で少しずつ固まっていく卵を見ているうちに、母と過ごした最後の日々を思い出す。記憶《きおく》を失い、自分が誰かも忘れてしまったあの人と二人で、こうやって一緒に料理した。マサチューセッツを逃《のが》れ、小さな地下施設で過ごした数日、母の誕生日を祝うためにあの日も今日と同じように料理を作った。

薄《うす》い層になった卵を、端から少しずつひっくり返す。

母と少年と、三人で食べた思い出の味。

あの日から色々なことがあって、自分はとてもとても遠い場所に来た。

世界はすっかり変わってしまって、たくさんの命が失われてしまったけれど、それでも希望は未来に続いている。自分はちゃんとここにいて、隣にはあの日と同じように少年がいて、みんなが前を向いて進んでいる。

しゅわしゅわと、油が跳《は》ねる音が心地《ここち》よい。

見えるだろうか。天国からはこの場所が。

聞こえるだろうか。あの人にはこの音が。

焼き上がったらすぐに布巾《ふきん》で包み、少しの間休ませる。自動調理器など使わないとても古いやり方。こうするのが一番美味しいのだとあの人は教えてくれた。

最後に四角く形を整えて。

「できたです」

保存容器にそっと移《うつ》し替え、丁寧に蓋《ふた》をする。

エプロン姿で後片付けをしていたディーが、おつかれさま、と笑った。

＊

「……それで、これをあたしに？」

「そうです。わたしとディーくんからのお祝いです」

道行く人々のざわめきと、子供達の笑い声が、窓の向こうから聞こえた。

翌日の昼、世界再生機構の町。ベッドから身を起こすクレアに、セラはリボンのかかった小さな箱を差し出した。

しばらくぶりに訪れたヘイズとクレアの家は、すでに幾つかの家具の配置が入れ替わってベッドからドアへの動線が広く取られている。部屋の隅《すみ》には気が早い誰かがプレゼントしたらしいベビーベッドが置かれ、中には幾つかのおもちゃやぬいぐるみが並んでいる。

「ありがと。……開けても良い？」

「もちろんです」

応える声が緊張《きんちょう》で震《ふる》えそうになる。ベッドの端に腰掛《こしか》けたクレアはくすりと笑い、箱のリボンをゆっくりと解く。

少し離れた部屋の壁際《かべぎわ》で、ディーがごくりと喉《のど》を鳴らす。

なんだか落ち着かない様子で成り行きを見守る少年の肩《かた》を、隣に立つ赤髪《がみ》の青年が軽く叩く。

するすると解けていくピンクのリボンを見ているうちに、心臓が喉から飛び出そうになってくる。クレアの細い指がリボンをまとめて傍《かたわ》らのテーブルに置き、片手でケースを摑んでもう片方の手でプラスチックの蓋を取りのける。

ふわりと立ち上る湯気。

白いケースの中には、黄色くて、四角くて、ふわりと柔らかい――

「これって……？」

「卵焼きです」

瞬きして問うクレアに、答える。

何か言わなければとしばらく迷い、一度だけ深呼吸して、

「ずっと前におかあさんに教えてもらった……最後におかあさんと一緒に作った料理です」

え、とクレアが息を呑《の》む。

箱の中をじっと視《み》つめ、ふと小さく笑って、

「そっか。……思い出の料理、なのね」

「はい。……だから、クレアさんに食べて欲しくて。それで、いつかクレアさんの子供が大きくなったら、その子と一緒に作って欲しくて」

ゆっくりと、一つずつ言葉を口にする。話すうちにどうしてだか目の奥が熱くなって、涙《なみだ》が頬を伝って零《こぼ》れてしまう。慌てて両手で顔を拭《ぬぐ》い、どうしたらいいか分からなくなって、そのままベッドの前で立《た》ち尽《つ》くしてしまう。

と、そっと腕を引かれる感触《かんしょく》。

気が付いた時にはベッドの端に座らされて、隣ではガラス玉のような瞳《ひとみ》が優《やさ》しく微笑んでいる。

「食べても良いわよね？」細い指が小さな切《き》れ端を一つつまんで口に運び、ゆっくりと良く噛《か》んでから飲み込み「……おいしい。すごいわね、これ」

「特別なレシピだって、おかあさん言ってたです」うつむき加減で、膝《ひざ》の上に組んだ自分の両手を見つめ「だから、これだけはちゃんと作れるように覚えてって」

うん、と応える小さな声。

ようやく顔を上げるセラの前で、クレアは卵焼きが収められた小箱を何度も愛おしむように撫で、

「あたしにも教えてくれる？　作り方」

「もちろん……もちろんです！」

勢いよくうなずき、なんだか恥ずかしくなって、泣き顔のまま笑う。

部屋の隅で、ディーが手のひらで顔をこする気配。

隣のヘイズが手をのばし、少年の銀色の髪をくしゃくしゃとかき回した。

＊

そうして、一日が終わって、また次の一日が来た。

セラはディーと共にその日の夜には賢人会議の自室に戻り、また、以前までと同様の忙しい日々が始まった。

クレアは卵焼きのレシピを一度で覚えてしまい、セラの目の前で実演して見せてくれた。彼女が初めて作った卵焼きはもう自分が作るのと同じくらい美味しくてセラは少しだけ複雑な気持ちになったが、それ以上にクレアの笑顔《えがお》が嬉しくて、またちょっとだけ泣きそうになってしまった。

帰《かえ》り際《ぎわ》にヘイズと並んで見送ってくれたクレアは、「次はあんた達の番……はまだ早いか」なんて冗談《じょうだん》めかして言っていた。自分は恥ずかしくなってうつむいてしまったけれど、ディーはあまり分かっていない様子で首を傾げていた。クレアはなんだか難しい顔で腕組みしてから、少年には聞こえないようにこっそりと「頑張《がんば》ってね」と言ってくれた。

うなずく自分の体を抱《だ》きしめて、またいつでも遊びにいらっしゃい、と笑う彼女に、自分も最後は笑顔で手を振った。

去り際に見たクレアの笑顔は本当に眩《まぶ》しくて。

あの人はきっと素敵《すてき》なおかあさんになるだろうと、セラは思った。

翌日は食堂の係だったので、賢人会議のみんなのために卵焼きを作った。みんながおいしいと褒《ほ》めてくれて、たくさん作った卵焼きはあっという間に全部無くなってしまった。

ディーや他の係の人と一緒に後片付けを終えて、今はもう夜。

自室のベッドに一人で転がって、天井に煌《きら》めくライトの薄明《うすあ》かりをぼんやりと見上げる。

昨日はものすごく久しぶりに、マサチューセッツで暮らしていた頃の夢を見た。おかあさんがいて、ディーくんがいて。記憶を無くす前におかあさんはいつも冷たくて何も話してくれなかったけど、夢の中のおかあさんは優しく笑ってたくさんお話をしてくれた。

今日はもう一度、同じ夢が見られるかも知れない。

そうして、眠って、起きて、明日になったら、次はどんなことをしよう。

日々は続いて、世界は続いて、みんな今日も前を向いて歩いている。明日は今日より少しだけ良い日で。明後日《あさって》は明日よりまた少しだけ良い日で。そうやって、幸せは少しずつ広がって、いつか、世界の運命だって変えられるかも知れない。

物語は、いつまでも、いつまでも続いていく。

だからね、おかあさん。
わたしは今日も、元気です。

*

「――ポートの方から連絡《れんらく》がありました。物資の積み込みが完了《かんりょう》したそうです」

「そっか。時間が経つのって早いね」

「ルジュナさん、ありがとうございました。お茶、とっても美味しかったです」

「どういたしまして。……錬さんとフィアさんは、これからどちらへ？」

「とりあえず、アジア地方をゆっくりぐるっと回るつもり。……あの辺には、僕を恨《うら》んでる人がまだたくさん隠《かく》れてるって聞いたから」

「そうですか。……お二人がお元気であったこと、月夜さんや、他の皆《みな》さまにお伝えしておきます」

「ありがと。ヘイズとクレアさんにはお祝いも言っといて。会いに行くのは無理かも知れないけど、赤ちゃんが生まれる頃には絶対に何か届けるって」

「確かに承《うけたまわ》りました。……さあ、この扉《とびら》を真《ま》っ直《す》ぐ下へ。この建物にいるのは信頼《しんらい》の置ける方達ばかりですが、どこに誰の目があるかは分かりませんから」

「うん。……それじゃあ、またね」

「ルジュナさんも、どうかお元気で」

「はい。錬さんもフィアさんもお元気で。……いつの日か、必ずまたお会いしましょう」

あとがき座談会

・開宴《かいえん》
錬《れん》「というわけで」
フィア（以下、フ）「ウィザーズ・ブレイン完結記念座談会」
ファンメイ（以下、メ）「はーじまーるよー！」
ディー・セラ・エド（以下、デ・セ・エ）「（無言でぱちぱち拍手《はくしゅ》）」
錬「って、なんでいきなり座談会？」
デ「ぼくも知らなかったんだけど、昔からの作者の夢だったらしいよ、錬君」
セ「そうです。後書きで座談会をやりたくて作家になった、って前に言ってたです」
錬「（初耳だ）けど、それならこれまでの本でも好きなだけ書けば良かったんじゃ……」
フ「『本編は殺伐《さつばつ》とし過ぎてそれどころじゃなかった』そうですよ、錬さん」
メ「そーよ天樹《あまぎ》錬。あの空気で座談会とかやったら読者に石とか投げられるの」
デ「確かに。……あらためて、色々あったけど丸く収まって良かったね」
セ「ほんとです。やっぱり平和がいちばんです」
エ「（無言でこくこくうなずく）」

錬「(うんうんとうなずき) それで、今日は何話せば良いの？　本編の反省会？」
フ「さっき作者さんから進行表をもらいました (がさごそ)。『とりあえず、今回収録した短編について順に語って』だそうです」
メ「わかった。作者の人、きっと後書きに書くこと無くてサボったの」
セ「そういえば『私はウォーハンマーに色塗《ぬ》るのに忙《いそが》しい』って言ってたです」
デ「(ウォーハンマーって何だろう) まあ、引き受けちゃったものは仕方ないよね」
フ「そうですね。……じゃあ、みなさん、せーの」
一同「はじまりーっ」

・湯宴《とうえん》の誓《ちか》い
メ「はーい！　わたしとエドが大大大活躍《だいかつやく》する話！」
エ「(無言でガッツポーズ)」
ヘイズ (以下、ヘ)「しっかし、町の地下にあんなモンが隠《かく》れてるとはなあ」
クレア (以下、ク)「ほんとよ。何でも調べてみないとわかんない物ね」
メ「あ、クレアさん！　だいじょうぶ？　うろうろして平気？」
ク「大丈夫《だいじょうぶ》よ。二十一世紀ならともかく、今は薬とか色々良《い》いのがあるから」
フ「クレアさん！　おめでとうございます！」

ク「ありがと、フィア。本編じゃ会うの難しいけど、こうやって話出来るんだから座談会って良《い》いわね」
錬「(無言でにこにこ)」
ヘ「(無言でにやり)」
ク「それで短編の話だけど……何かしらね、これ。『ファンメイとエドが温泉を掘《ほ》りに行って、色々あって温泉を掘《ほ》り当《あ》てて終わる話』って言われればそうなんだけど」
メ「途中《とちゅう》でおっきいロボットが出てきちゃうのが、作者の趣味《しゅみ》って感じだよね」
フ「星織《シュテン・ウィーバー》りさん可愛《かわい》かったです。ちょっとエドさんみたいっていうか」
メ「そうだね。おっきい犬さんって感じ？」
錬「そっか……犬ってあんな感じなんだ(実物を見たことない)」
デ「勉強になるね(同じく見たことない)」
セ「ほんとです(同じく以下略)」
メ「(汗《あせ》)んーとね？　本物の犬さんってあんなにおっきくないし、足も四本だからね？」
ヘ「しっかし、惑星開拓《わくせいかいたく》用ロボットとか今の地球に一番要《い》るもんだろ。マジでこれで人類の歴史ちょっと変わったんじゃねーのか？」
錬「本編終わったからって作者も思い切ったことしたよね」
デ「リチャード博士もサティさんも小躍《こおど》りしてましたからね、文字通り」

セ「ファンメイさんの温泉も完成して良かったです」
メ「（ふふーんと胸を張り）そーなの！　良《い》いでしょ温泉。セラちゃんも気に入った？」
セ「はいです。みんなで大きなお風呂《ふろ》に入るの楽しいです」
ク「でもこれって、やっぱりイラストになったりするのかしらね。私達の、なんて言うか……」
メ・セ「あ……（真っ赤）」
錬「（遠い目）作者、世界設定を冬にしちゃったせいで水着回が書けないってずっと後悔《こうかい》してたらしいから、これで成仏《じょうぶつ》出来るんじゃないかな」
ヘ「いや死んでねーから」
メ「ま、まあそれはともかく（咳払《せきばら》い）、最後にすごいサプライズ来たよね。まあ結婚《けっこん》して半年も経《た》ったんだしそりゃそっかって感じだけど」
ヘ・ク「（照れっ）」
デ「すごいよね。クレアがお母さんになるなんて。あらためておめでとう」
ク「うん……。ありがとね、ディー」
セ「ほんとにおめでとうです。……って、どうかしたですか？　ディーくん」
デ「いや……。（悩《なや》み）よく考えたら、人工培養《ばいよう》じゃない普通《ふつう》の子供ってどうやったら出来るんだろうって……」
セ・ク「えっ」

錬「どうやってって……そりゃもちろんお父さんとお母さんがいて」
デ「それはわかるけど、でも試験管の中で遺伝子混ぜ合わせるわけにもいかないよね？」
フ「そういえば……わたしも詳《くわ》しく知らないけど、考えてみると不思議ですね」
錬「えっ」
メ「待って、フィアちゃんもちょっと待って」
セ「ええっと、それはですね……」
ク「良《い》い？　ディーもフィアもよく聞いて。まずおしべとめしべとコウノトリがね？」

・ハッピーバレンタイン
月夜《つきよ》（以下、月）「これは……ひどいわね、我ながら」
イル（以下、イ）「いや、お前ほんまに何やっとんねん」
フ「（無言で真っ赤な顔を両手で隠《かく》す）」
月「仕方ないでしょ！　だいたいあんただって知らないでしょ？　バレンタインとか」
イ「いや、そらおれも知らんけど！　流石《さすが》に鬼《おに》の面は無いやろ！」
錬「むしろ、よく節分のことは知ってたよね月姉」
フ「（顔を隠《かく》したまま）すみません……途中《とちゅう》で『ちょっと変かも？』とは思ったんですけど」
錬「（慌《あわ》て）フィ、フィアは悪くないよ！　大丈夫《だいじょうぶ》！　チョコおいしかったし！」

イ「っていうか、今回の短編の中でこれだけやたら短いことないか？」
月「それね、当時の担当さんに『(雑誌サイズで)十ページ』って言われたのを作者が『(文庫サイズで)十ページ』って勘違《かんちが》いしたせいらしいわよ」
一同「……あー……」
フ「そういえば、作者さん『十ページでどうやってまとめれば！』って青い顔してましたね」
月「それでこんな怪《かい》作が生まれちゃうんだから、わかんないもんよね」

・正しい猫《ねこ》の飼い方
リチャード（以下、リ）「余談だが、これを書いた当時、作者はまだ猫《ねこ》を飼っていなかった。つまりここに出てくる猫《ねこ》は全て作者の知識と想像の産物だ」
メ「なんか意外。ぜったい猫《ねこ》好きの人が書いた話だよね、これ」
エ「(無言でこくこく)」
錬「なにげに、この世界での幽霊《ゆうれい》の扱《あつか》いとか、大事な情報が出てくる話なんだよね」
リ「過去作で唯一《ゆいいつ》のまっとうな短編だからな。再録出来たことは喜ばしい」
沙耶《さや》（以下、沙）「けど、ここで助かった猫《ねこ》ちゃんたちが、色々あって今もファンメイと一緒《いっしょ》に暮らしてるんだよね。なんか不思議」
メ「(うんうん)それで猫《ねこ》好きの沙耶ちゃんに会えたんだから、生きてるのって面白《おもしろ》いよね」

エ「(無言でこくこく)」
リ「せっかく平和になった世界だからな。猫《ねこ》の餌《えさ》に困らない程度の環境《かんきょう》は維持《いじ》したい物だ」

・最終回 狂想曲《きょうそうきょく》

サクラ(以下、サ)「なぜだ——!」
真昼《まひる》(以下、真)「うわびっくりした。どうしたのサクラ、急にそんな大声出して」
錬「あ、二人ともいたんだ」
真「や、なんか話に混ざりにくくて隅《すみ》っこの方にね」
セ「サクラさん! それに真昼さんも……」
サ「セラ……。その、元気そうだな。何よりだ」
セ「はいです。サクラさんも……ええっと……わたし……」
錬「まあ、積もる話は後でゆっくりと。それでどうしたの? いきなり叫《さけ》んで」
サ「それだ! 全く、思い出しても腹立たしい。こんなオールスター総出演の短編で、私の出番が無いとはどういうことなのだ!」
真「まあまあ、サクラちょっと落ち着いて」
錬「っていうか……逆に聞くけど、本当に出たい? この短編」
サ「(我に返って)……いや、それは……」

フ「確か、電撃《でんげき》の公式海賊本《かいぞくぼん》に掲載《けいさい》されたんでしたっけ」
月「そーよ。海賊本《かいぞくぼん》だから内容は破天荒《はてんこう》な方が良くて、おまけに共通のお題が『最終回』ってことで、作者が捻《ひね》りだした答えがこれってわけ」
メ「たぶんだけど、作者ってコメディとカオスの区別がついてないんだと思うの」
真「おまけに、十数年前に書かれただけあってネタが絶妙《ぜつみょう》に古いんだよね。『リ○カルな○は』や『シ○ルイ』はともかく、『宇○戦士バ○ディオス』なんて当時でも知ってる人あんまりいなかったんじゃないかな」
錬「これを令和の世にお出しするのどうなんだろう、って作者もためらってたからね」
メ「えっ……？　そ、そんなことないの！　打ち切りアニメの金字塔《きんじとう》なの！」
真「あんまり良くない金字塔《きんじとう》だねそれ。（くるっとこっちを見る）あ、作中の津波《つなみ》がどうのこうのの下りについて詳《くわ》しく知りたい人は『宇宙○士バル○ィオ○　最終回』で検索《けんさく》してみてね」

・旅路の果て
ケイト（以下、ケ）「まったく、作者にも困った物です。今回は本編終了《しゅうりょう》後の明るく楽しい後日談がテーマだというのに、どうしてこんな話を盛り込んでしまうのでしょう」

ルジュナ（以下、ル）「本当に。……ですが、錬君とフィアさんの道行きを思えばこれも必要なエピソードだったのではないかと」

ケ「確かに。サリー首相《しゅしょう》の最後については作者も心残りだったようですし」
サ「なるほど。（あらたまって錬に向き直り）すまないな、天樹錬。貴方《あなた》一人になにもかも背負わせてしまって」
錬「サクラに比べたらどうってことないよ。それに、自分で選んだ道だからね」
真「二人とも偉《えら》い偉《えら》い（頭を撫《な》で撫《な》で）」
錬「うわ！　ちょっと真昼兄！」
サ「な、何をする！　天樹真昼、貴方《あなた》は私を馬鹿にしているのか！」
メ「（部屋の隅《すみ》っこの方で）……んで？　フィアちゃん、あの後どうなったの？」
ク「そうよ、それそれ！　抱《だ》きついてその後は？」
セ「ちょ、ちょっとだけ気になるです！」
フ「？……どうって、錬さんも寝袋《ねぶくろ》はやめて、一緒《いっしょ》のお布団《ふとん》で寝《ね》るようになりました」
メ「え……それだけ？」
フ「はい！　これで毎日あったかいです」
メ・ク・セ「そっかぁ……」

・そして物語は続く
ク「もう、ほんっとにすごいわよ、セラの卵焼き。あんた達も今度作ってもらいなさいよ」

へ「だな。ありゃマジでやべぇ」
セ「そ、そう……ですか？（真っ赤）」
ル「私もご相伴《しょうばん》に預かりましたが、絶品でした」
フ「本当に。セラさんはお料理もお裁縫《さいほう》も何でも上手なのすごいです」
セ「え、ええっと……（ディーの背中に隠《かく》れる）」
メ「そ、そんなに美味《おい》しいんだ（ごくり）。けど、作者も最後の最後になんでこの話書こうと思ったんだろ」
錬「なんか、ディーとセラとクレアの話をもうちょっと書きたかったらしいよ。『話を通して一番関係が変った三人だから』とかなんか」
ク「そっか（遠い目）。ほんとに、色々あったもんね」
デ「クレア……。今、幸せ？」
ク「世界で一番くらいに、ね。……だから今度はあんた達の番。がんばんなさいよ」
デ「え？　クレア、頑張《がんば》るって」
セ「任せてください です！」

・あとがきのあとがき
錬「さて、これで一通りは終わったかな？」

フ「そうですね。……じゃあ、これで本当におしまいのおしまいですね」
メ「そっかー。……ちょっと早いけど、でも仕方ないよね」
エ「……はい」
ヘ「ま、んな湿《しめ》っぽい顔すんな。物語が終わっても、オレ達の人生は続くんだからよ」
ク「そーよ。……あー楽しみ。次の結婚式《けっこんしき》は誰《だれ》になるんだろ」
月「あんた、自分がゴールしたと思って余裕《よゆう》ね」
ケ「まあまあ、月夜さんにもそのうちご縁《えん》がありますよ。……うちの息子《むすこ》などいかがですか？」
イ「いやちょい待ってくれシスター。そら世話にはなっとるけど……」
サ「いいか月夜。この男だけはやめておけ。考え無しで向こう見ずで、ロクなことにならない」
真「サクラ、それ自分に返ってくるから、ほどほどにね」
セ「（くすくす）けど、ほんとに楽しいです。こんな風にお話してると、昔に戻《もど》ったみたいで」
デ「そうだね……。だけど、いつまでもこうしてるわけにもいかないから」
ル「時計の針を巻いて戻《もど》す術はありません。……世界は進み、私達も進む」
リ「遠からず訪《おとず》れる滅《ほろ》びに立ち向かうために、力を尽《つ》くさねば、な」
サ「せいぜい足掻《あが》いてみることだ。……天樹錬、それに他の皆《みな》も、二百年後の未来で楽しみにしているぞ」
錬「任せといてよ。びっくりさせてやるからね」

真「よしよし、二人ともそのくらいで。結局、どうなるかは誰《だれ》にもわからないんだから」
メ「わたしは何とかなっちゃう方に賭《か》けるの！」
セ「あ、じゃ、じゃあわたしもそっちです」
ケ「あらあら、それは賭《か》けになりませんよ？」
サ「そうだな。……も、もちろん私は貴方達《あなた》が滅《ほろ》びる方に賭《か》けるぞ？」
真「ま、そういうことにしておこうか。……さて、そろそろカーテンコールだね」
錬「そうだね。（ごそごそとメモを取り出し）えーっと『皆様《みなさま》、こんなにも長くこの物語を愛していただきありがとうございました。彼らがこれから行く道の先に何が待っているのか。そこに希望があると皆様《みなさま》が信じてくれるなら、きっと世界はまだ大丈夫《だいじょうぶ》なんだと思います。では、ひとまずお別れ。作者の次回作にご期待ください』、だって」
メ「次、ちゃんとあるのかな」
へ「何か色々やってるつってたし、そのうち別な話でも書くんじゃねーの？」
ル「そのお話も長く続くと良《い》いですね。……それでは皆様《みなさま》、ご挨拶《あいさつ》と参りましょう」
錬「そうだね（まっすぐ背筋を伸《の》ばして）それじゃあ」
サ「皆《みな》、いつかまた会う日まで」
フ「どうかお元気で」
一同「ばいばーい」

◉三枝零一著作リスト

「ウィザーズ・ブレイン」（電撃文庫）
「ウィザーズ・ブレインII 楽園の子供たち」（同）
「ウィザーズ・ブレインIII 光使いの詩」（同）

「ウィザーズ・ブレインⅣ　世界樹の街〈上〉」（同）
「ウィザーズ・ブレインⅣ　世界樹の街〈下〉」（同）
「ウィザーズ・ブレインⅤ　賢人の庭〈上〉」（同）
「ウィザーズ・ブレインⅤ　賢人の庭〈下〉」（同）
「ウィザーズ・ブレインⅥ　再会の天地〈上〉」（同）
「ウィザーズ・ブレインⅥ　再会の天地〈中〉」（同）
「ウィザーズ・ブレインⅥ　再会の天地〈下〉」（同）
「ウィザーズ・ブレインⅦ　天の回廊〈上〉」（同）
「ウィザーズ・ブレインⅦ　天の回廊〈中〉」（同）
「ウィザーズ・ブレインⅦ　天の回廊〈下〉」（同）
「ウィザーズ・ブレインⅧ　落日の都〈上〉」（同）
「ウィザーズ・ブレインⅧ　落日の都〈中〉」（同）
「ウィザーズ・ブレインⅧ　落日の都〈下〉」（同）
「ウィザーズ・ブレインⅨ　破滅の星〈上〉」（同）
「ウィザーズ・ブレインⅨ　破滅の星〈中〉」（同）
「ウィザーズ・ブレインⅨ　破滅の星〈下〉」（同）
「ウィザーズ・ブレインⅩ　光の空」（同）
「ウィザーズ・ブレイン　アンコール」（同）

本書に対するご意見、ご感想をお寄せください。

ファンレターあて先
〒102-8177　東京都千代田区富士見2-13-3
電撃文庫編集部
「三枝零一先生」係
「純 珪一先生」係

『ハッピーバレンタイン』／「電撃hp公式海賊本 電撃BUNKOYOMI」
『正しい猫の飼い方』／「電撃hp vol.46」(2007年2月号)
『最終回狂想曲』／「電撃hp公式海賊本 電撃h&p」

文庫収録にあたり、加筆、修正しています。

『湯宴の誓い』、『旅路の果て　～Journey home～』、『そして物語は続く　～Cooking for you～』は書き下ろしです。

電撃文庫

ウィザーズ・ブレイン アンコール

三枝零一《さえぐされいいち》

◇◇◇

2024年２月10日　初版発行

発行者　山下直久
発行　株式会社KADOKAWA
〒102-8177　東京都千代田区富士見2-13-3
0570-002-301（ナビダイヤル）
装丁者　荻窪裕司（META＋MANIERA）
印刷　株式会社暁印刷
製本　株式会社暁印刷

ISBN978-4-04-915548-8　C0193　Printed in Japan

電撃文庫　https://dengekibunko.jp/